叶小明 /著

蔚然 /译

遥远世界

宁静之石

Oliver，祝愿你有朝一日成为壁球世界冠军！

- A.Y.

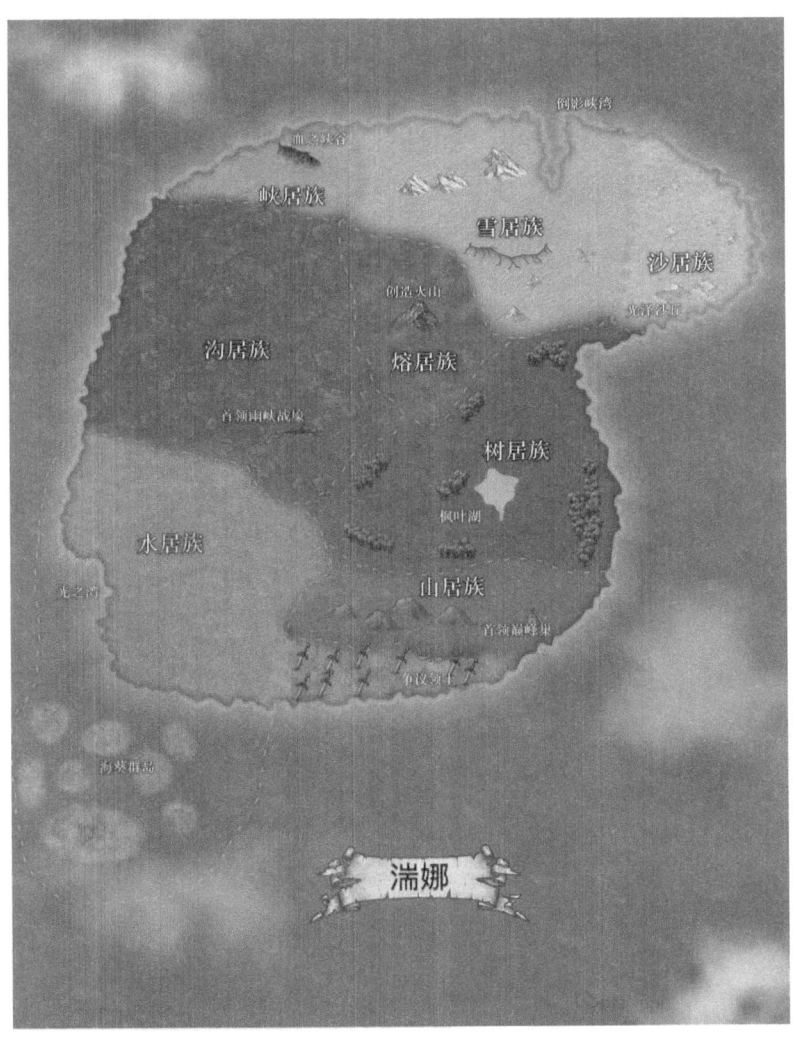

第一巻

序章

三十六年前……

　　在山居族的主巢附近，灌木丛中忽然传出一阵沙沙的响动。然而，几名守卫主巢的卫兵却未察觉到任何异样，这倒也情有可原。山居族向来安宁祥和，这里的灌木丛本就常有小动物栖息穿梭，更何况卫兵们也只是刚刚完成皇家守卫的训练，经验尚浅。
　　不过，这次的声音格外响亮，以至于守卫入口的三名卫兵之一还是注意到了异常。

"喂，你们仔细听听，是不是有什么动静？"卫兵中的一名低声说道，声音里带着些许犹疑，似乎自己也并不确定是不是听错了。

"岩台，你该不会幻听了吧。"另一名守卫随意地回应道。

"不对，这声音绝对比兔子闹腾大多了，"岩台语气十分坚定，"甚至比一般脚步声都要响。"

"既然如此，那可能真是脚步声吧。"第三名守卫突然变得警觉起来，随即走上前去检查灌木丛。

灌木丛的枝叶晃动得更加厉害了，一名水居族的成员赫然出现在守卫们眼前。

"有间谍！"检查灌木丛的守卫惊呼一声，迅速摆出防备的姿态。

"我不是间谍，"那头狼赶紧辩解道，"我只是想见见你们的首领。"

"不管怎样，还是带他去见首领巅岭吧。"岩台说完，便退回了自己的岗位。

第二名守卫巅光上前押解着这名水居族的狼，前往距离主巢五个巢穴外的议会巢，那里正是首领巅岭处理日常事务的地方。

"首领巅岭，我抓到了一个水居族的间谍。"巅光禀报道。

"间谍？他们为什么要来监视我们？"巅岭的脸上浮现出疑惑与警惕，"先把他带到右边的房间去，那里是审讯室。虽然平时用不上，但眼前这个家伙实在是可疑得很。"

"尤其现在沟居族、树居族和水居族之间正在闹纠纷，我们山居族也难免被牵扯进来。"一名议员补充说道，"可能和那片土地的争端有关。"

巅光立刻将水居族的狼带进审讯室。那只水居狼心中默默祈祷着，希望情况不会变得更加糟糕，同时也在想着：但愿蜂影已经顺利到位了。

与此同时，主巢入口处，岩台和另一名守卫云栅重新回到了自己的岗位。他们丝毫没有意识到，接下来可能还会遇到相似的情况。两人闲聊起来，讨论着自己最喜欢的食物。

"我最喜欢吃兔子了。"岩台说道。

"我倒觉得灌木丛里的浆果才最好吃。"云栅反驳道。

"别装啦，云栅，"岩台轻笑道，"你分明只是只喜欢甜食的狼罢了。"

"我是真的不喜欢吃肉，"云栅表情严肃了起来，"动物的鲜血滴滴答答地流下来，总让我感到非常不舒服。"

议会巢内，议员们正就是否介入另外三个部族之间的争斗展开激烈的辩论。一方主张与树居族结盟，原因是两族历史渊源深厚；另一方则坚持应与沟居族联手，因为山居族与沟居族本来就有长期的军事同盟关系。当支持沟居族的一方眼看即将赢得辩论之际，一名信使却突然跌跌撞撞地闯了进来。

"尊敬的议员们！"信使身上沾满了绿色和棕色的污渍，那是她在山坡上跌倒后，沾染上的青草与泥土。"另外三个部族已经达成和平协议了！"

"快详细说说，"一位议员急切地催促。

"水居族已经将争议土地归还给沟居族和树居族了，"信使喘息着继续说道，"但你们应该还记得吧，之前水居族还曾经强占了我们一小块土地……"

"当然记得，"巅岭点点头，"继续。"

"那块地，他们却没有还给我们。"

这时，巅光正好从审讯室里带着那名所谓的"间谍"走了出来。

"他什么情报也没交代，不过他说他并不是为了见我们的首领才来的。"巅光向议员们解释道。

"我的确想见你们的首领，"那位被称为间谍的狼突然插话，"但并非普通的拜访。"

议员们顿时齐刷刷地盯着他。他仿佛是一头死而复生的狼。

"事实上，我还带来了另一位同伴。蜂影！"狼突然高声喊道。

话音刚落，原本灌木丛中沙沙作响的声音戛然而止，一头名为蜂影的狼悄然走进了议会巢。

"正如旋影所言，"蜂影缓缓地说道，"我们确实是来见首领巅岭的，但绝不是普通意义上的拜访。"

第一部分：六幼狼

第一章

四部族学院向来热闹非凡，这一天自然也不例外。

在被送到学院之前，雷予和家人一直过着与世隔绝的生活。他们属于沟居族，虽说沟居族本身便是喜好独来独往的族群，但雷予一家却比其他家庭更加隐秘，除了前往拜访首领幽峡和外出狩猎外，几乎从不踏出家门。

因此，当雷予初到学院，发现这里竟然有这么多的狼时，难免有些不知所措，但同时他心底又泛起难以抑制的兴奋——终于可以见到并非自己族群或首领之外的狼了。

此时正值学院一年一度允许幼狼们返回各自部族探望前的一周，校园中气氛格外热烈，关于种种传说的议论更是此起彼伏。其中流传最广的便是"宁静之石"的传说，这在四部族学院中尤其受欢迎。

"这些传说对我来说实在太复杂了。"雷予的好友风殇叹了口气，"你能给我讲讲关于宁静之石的故事吗？"

"传说在数千年前，"雷予缓缓说道，"整个湍娜大陆只有一个部族，那就是影施族。大约五百年前，影施族突然消失无踪。就在一切表面风平浪静时，一道闪电从天而降，影施族的一座村庄竟然被雪居族的村庄所取代。随后，两个部族爆发激烈冲突，而雪居族在战斗中总能占据上风。影施族在一次又一次失败后，首领决意带领族狼迁徙至隐秘之地，从此销声匿迹。

据说，最后一只见过湍娜大陆的影施族狼是一只拥有魔法力量的皮马托，虽然她的真实名字早已被历史掩埋。传言她找到一块形似书写石板的岩石，并用爪子在上面刻下了九行文字。然而，那九行文字的具体内容，至今无人知晓。

皮马托施下魔法，将石板隐藏在迁徙地附近一丛神秘的灌木之中。据说，那块石板至今仍然在那里。相传，谁若能寻得那块石板，就能继承皮马托的强大力量，并拥有终止战争、实现永久和平的神奇能力。但有一个奇怪的前提条件：找到石板的必须是幼狼，而且需要包括它自己在内，共计六只幼狼。其中，两只来自相同的部族，其余四只则必须来自不同部族。只有满足这样的条件，他们才能看见宁静之石，更别提掌控它的力量了。"

"既然宁静之石如此著名，"风殇疑惑地开口，"为什么大家不去寻找那——"

"块石头？"两只幼狼异口同声。

"没错。但它毕竟只是传说，很可能根本就不存在。那丛灌木或许并不存在，六只幼狼的条件或许也只是杜撰出来的限制，宁静之石本身，说不定也只是虚构的。"雷予理性地指出。

"或许我们应该去问问雪岭。"风殇提议。雪岭曾是树居族的首领，如今是四部族学院的首领狼，而他的幼狼继承了原本树居族首领的地位。

风殇和雷予穿过曲折迂回的走廊，两侧分布着学院里学生们的巢穴，每间巢穴中都居住着两只分别来自不同部族的幼狼。

作为水居族和沟居族的幼狼，风殇和雷予的目的地是位于学院深处最大的巢穴——属于首领狼雪岭的住所。

"应该就是这里了。"风殇小声说道。

他们走进巢穴，入口处悬挂着象征重要或正式场合的乌詹卡叶。此时，雪岭正专注地整理着一些石板，听到动静后，回过头望着两只幼狼。

"你好啊，风殇。"雪岭轻轻地放下手中的石板，目光温和地看着他们，"你和棕纹来找我是有什么事吗？"

雷予的身躯上确实遍布着棕色的纹路，其间点缀着些许黑斑，因而得到了这个绰号。

"倒也没有特别紧要的事，"雷予礼貌地回应，"我们只是对宁静之石的传说有些好奇，想问问它的真实性。"

雪岭微微点了点头，说道："影施族曾经真实存在过，我们有充分的证据表明，他们确实曾在淄娜大陆上生活。根据史料记载，他们大约在五百三十六年前彻底灭亡，虽然至今没有狼知道他们究竟迁徙到了哪里，但当时最后目睹淄娜大陆的影施族狼确实是一只拥有魔法力量的皮马托。相较于虚无缥缈的信仰，我更倾向于相信可靠的证据。因此，我认为'命运之石'——也就是你们所说的'宁静之石'——极有可能是真实存在的。"

"谢……谢谢你，雪岭。"风殇略带拘谨地道谢，挥动爪子向首领狼告别。

两只幼狼离开了巢穴，一路上都没有再开口交谈，直至回到各自的巢穴前，才默契地彼此点头致意，随后各自返回洞中。

那天夜里，雷予辗转难眠，满脑子都是雪岭提到的宁静之石。他心中反复盘算着：雪岭所说的那些证据真的可靠吗？假如石板真的存在，那么他和风殇便已占据了两个名额，可接下来他们还需要找到另外四只幼狼——其中两只必须来自同一部族，另外两只则要来自完全不同的部族……

尽管这些思绪让雷予大半夜睡不踏实，第二天早晨他依旧精神饱满地起床了。

学院每天都会为幼狼们安排课程，这一天轮到雷予上的课是历史课。

当幼狼们的导师杉暮步入教室时，教室里还充斥着此起彼伏的窃窃私语。

"都安静下来吧。"杉暮温和地提醒着，同时放下一堆石板，有些是待会儿要分发给幼狼们的，有些则是他今日授课的讲解材料。

"今天我们要学习的是发生在三十六年前的一场重要战争，那场战争爆发于山居族与水居族之间，它在淄娜大陆的历史中留下了不可磨灭的印记。"

"杉暮提到了这场战争，"雷予低声朝风殇耳语道，"这就是你想要寻找宁静之石的原因吗？"

"是的。"风殇轻轻地回应。

"我也是。或许我们能从杉暮的讲述中得到一些关键的信息。"

杉暮清了清嗓子，娓娓道来："当时，一切的起因都是山居族的主巢。山居族的议事会正在讨论是否插手沟居族、树居族和水居族之间的领土纠纷——尽管这件事与他们本身并无太大关联。就在那时，一个信使突然闯入了会议厅，报告了土地遭窃的消息。与此同时，一名潜伏的间谍也袭击了议事会。在那名间谍及其同伙的突袭之下，二十二名议事会成员有八名被杀，其中甚至包括山居族的首领。首领的幼狼云栅随即继承母亲的地位，并立即宣布对水居族开战，以报复议事会所受到的伤害以及土地被盗的耻辱。很快，其他部族也纷纷选边站队：沙居族和树居族选择了支持水居族，而雪居族、熔居族、沟居族与峡居族则站在了山居族这一边。"

"哇，这信息量可真大。"雷予感叹道，"感觉像一口气吞下了十五只兔子一样难以消化。"

"宁静之石，"风殇压低声音，带着几分憧憬说道，"和平之石，终结战争之石……它真的能带来永恒的和平吗？"

"好了，幼狼们，请大家看这里。"杉暮的声音打断了他们的交谈。

所有幼狼都按他的要求将注意力集中到手中的石板上，只有风殇和雷予依旧低声耳语。杉暮注意到了他们的异常，默默地盯着他们，直到两只幼狼终于察觉自己的失礼。

"雷予，风殇，"杉暮语气严肃，"你们两个为什么只顾着互相看，却不看我呢？"

"只……只是在讨论各个部族之间的结盟问题。"风殇有些紧张地答道。

"那是稍后的课程内容，现在，我希望你们集中注意力听课。"

接下来的内容并没有太多趣味。虽然他们的确讨论了部族结盟问题，但整个课程只有短短三分钟涉及到这一点。课程结束时，太阳已经高高升起，到了幼狼们俗称的"高日"时分，这个时候猎物们最为活跃，正适合外出捕猎午餐。

"我去抓几只鸟当午餐。"雷予对风殇说道。

"我去河里捕些鲈鱼。"风殇回应。

"那吃完饭后我们去历史藏室见面吧。"雷予提议。

"去历史藏室干什么？"风殇好奇地问道。

"如果我们真的想找到宁静之石，就必须搜集更多关于影施族的线索。历史藏室里存放着一些非常古老的地图，其中或许就包括影施族留下的遗迹，没准上面还能找到他们当年最后活动的区域。宁静之石就藏在那个地方附近，只要我们能追踪到那个地点，通往永恒和平的大门就能被我们打开！"

"而且，我们还可以探索周围，说不定还能找到活着的影施族成员，证明他们并非在五百三十六年前就彻底灭亡了。"风殇兴奋地补充道，"好，一个小时后历史藏室见！"

两只幼狼分头行动。风殇来到学院正门旁的河流捕鱼，雷予则在学院周围四处搜寻鸟类。他不仅顺利捕捉了几只鸟，还在学院东侧意外猎到了一只正在低头吃草的母鹿。

风殇沿着河流的一条支流快速前进，此时正值鱼儿产卵的季节，河中满是游动的鱼群。尽管稍晚一步到达河边，但她仍幸运地捕获了大量鲈鱼和鲑鱼，痛痛快快地饱餐了一顿。风殇天生具备精准的生物钟，她能精确地感知时间流逝，从某个特定的时刻开始计算，清楚地知道六小时五十五分钟后的准确时间。

约定的一个小时过去了，雷予已经在历史藏室内等得有些焦躁。他忍不住暗自抱怨：风殇迟到了。正当他思绪纷乱之际，风殇猛然冲进了藏室，气喘吁吁地说道："雷予，我来了……"

"你迟到了，"雷予随口说道，但随即又摆摆爪子表示并不介意，"算了，赶紧一起看地图吧。"

他们最先查看的是目前湍娜大陆地区常见的地图，接着向右逐幅查看更为古老的版本，直到停在最右侧，那张被学院珍藏着的、历史最悠久的地图面前。这幅古地图上的领地分布与现在截然不同：雪居族的疆域覆盖了沙居族的大部分土地，而创造火山以西的广阔区域都标记为沟居族的领地。更令人惊讶的是，当时山居族还并不存在，取而代之的竟然是——

"影施族！"风殇惊呼出声，"看这里！"

雷予急忙转头望向地图，刚才他正拿着另一幅地图与当前地图仔细比对领地边界。

"竟然真的标注了影施族！"雷予兴奋不已。

"而且看这里，右下角还有'由影施族绘制'的标记。"风殇指着地图右下角的落款说道，那里清晰地写着："MADE BY THE SHADOWCASTERS"（由影施族制）。

"看来我们终于有眉目了。"雷予轻声嘟囔道。

两狼沉默片刻。雷予心中刚刚闪过"好无聊，不如回巢穴去"的念头，风殇却突然灵光一闪。

"如果影施族当年居住的位置就是现在山居族的领地，那他们迁徙到隐秘栖息地的路径，很可能也经过或就在山居族的领土内。换句话说，只要我们顺着这条路径寻找，就一定能够找到宁静之石的位置！"风殇充满自信地说道。

这个发现一下子重新燃起了雷予的热情。"那我们现在就去找那块石头？"他急切地问道。

"嗯……不过要离开学院，首先得征得首领狼雪岭的允许吧，还要知会我们的部族首领。"风殇提醒道。

雷予暗自想着："反正沟居族对我也没那么严格。"

风殇不满地轻哼了一声："你应该知道，离开学院的假期只有短短二十天。算了，我们先去找雪岭请示吧。明天高日，我们就在雪岭的巢穴见面。"

第二天高日时分，两只幼狼如约再次来到雪岭的巢穴，重新穿过那道悬挂着乌詹卡叶的门帘。雪岭依旧埋头整理着石板，这让雷予心生疑惑：难道首领狼整日都在整理这些石板吗？

"又是你们两个啊。"雪岭头也没回，似乎早料到了他们的到来。

"我们想暂时离开学院。"雷予急不可待地说道。

"没错，只是暂时离开一阵子。"风殇在一旁补充。

"你们打算去干什么？"雪岭终于放下手里的石板，转头望着他们。

"去寻找宁静之石。"风殇坦率地答道。

雪岭微微一笑："看来是我之前的话激起了你们的好奇心啊。可以，我会分别写信给你们的首领，最多四天就能收到答复。"

沟居族和水居族的幼狼兴奋地点头。

四天后，雪岭亲自来到雷予的巢穴。

"雷予，你们的首领幽峡已经同意了你的请求。"

随后，雪岭又前往风殇的巢穴。

"风殇，你的首领也同意了你的出行请求。"其实离学院的探亲假也仅剩三天。

雪岭话音未落，两只幼狼便迫不及待地冲了出来。

"太好了，我们终于可以去寻找宁静之石了！"他们兴奋地欢呼起来。

"等等，"雪岭及时提醒，"总得带点干粮吧。"

幼狼们依旧情绪高涨，很快回到了各自之前狩猎的地点，快速地补充了所需食物。

"这些够了吗？"风殇询问道。

"足够了，"雪岭满意地点了点头，"看来你们已经准备就绪。"

就在即将踏上旅程之前，雷予突然想起了一件事，他急忙问道："对了，雪岭，'西北迷雾'到底是什么？它跟宁静之石有关联吗？"

"这个我也不清楚，也许你们自己去探寻便能揭晓答案。祝你们好运！"

晨光中，两只幼狼最后一次回望了身后的四部族学院，随后满怀期待地踏上了追寻宁静之石的冒险之旅。

第二章

　　冰晶在雨点敲打小屋的声音中醒来。他的小屋背靠一棵高大的红杉木，以树干作远离入口的一面墙。屋顶由层层叠叠的树叶与粗壮的草茎扎成，这种草通常只生长在最高大的树木附近。除了红杉木这一侧，小屋其他的墙壁皆由树枝搭建而成，下雨时再覆上一层树皮，以抵挡雨水的侵袭。

　　屋内简单却不失温馨，布置着树居族（又或者说雪居族）日常所需的一切：用苔藓与蕨类植物编织成的床，一个小小的土坑用来存放食物及生活用品。此外，冰晶还养了一只松鼠作为宠物，松鼠的活动区域就位于食物储藏区的旁边。

此刻，冰晶正拿起一些食物，享受着雨中宁静的片刻时光。但这种平静很快就被朋友青子突然的到访打破了。

"嗨，冰晶！"青子兴致勃勃地喊道，"想不想来玩'五秒内猜出我在想什么'？"

冰晶转过身，看到青子正站在门口对着他灿烂地笑着。所谓"'五秒内猜出我在想什么'"游戏，顾名思义，就是在极短的时间里猜测对方心中所想的东西。不过对冰晶而言，这个游戏简直轻而易举——他天生就拥有读心的能力，而知道这个秘密的，只有青子一人。起初青子对冰晶的这项特殊能力略感担忧，但逐渐地，她发现这件事既有趣又或许有用，于是便热衷于设计各种与读心术有关的小游戏。

"呃，今天就算了吧。"冰晶犹豫了一下，最终婉拒道，"我只想一个人静一静，听听雨声，或许出去打个猎。不过……如果你实在想玩的话，我就陪你玩五分钟好了。"

于是，他们简单地开始了游戏。冰晶毫不费力地捕捉到青子的想法，唯一让他感到挑战的是青子偶尔调皮地快速跳跃自己的念头，让他不得不多花一些时间去追踪。

五分钟过去了，青子依照冰晶的要求离开了小屋。此时，屋内只剩下冰晶和那只正在熟睡的松鼠。他趁着这难得的清静时光，不仅给墙壁添盖了一层树皮，还开始琢磨起那块被称作"宁静之石"的神秘物件。

冰晶是从树居族的首领口中听说过这块石头的传说的。然而，首领对他并无多少关心，这和部族间频繁的战争及错综复杂的联盟关系不无关联。事实上，整个树居族中真正关心冰晶的，除了青子之外，也只有首领身边的一只幼狼了。青子经常前来看望他，而那只幼狼大概每三周才会为他送来一次"食物包裹"，并且每次也只不过带来几只鸟而已。

忙完了盖树皮的工作后，冰晶回到小屋中，坐在松鼠的身旁，陷入了沉思：皮马托为何要雕刻那块石头？他有什么特殊的目的，抑或是受首领的指令而为？影施族的秘密入口到底藏在哪里？传说中，六只幼狼，也就是影施族的两只幼狼加上他们自己族中的四只幼狼，才能借由那块石头获得皮马托的力量，这是真的吗？我们真的必须集齐六只幼狼吗？假如根本不需要这么多，那任何一只沙居族成员去寻找石头不就行了吗？找到之后，只需对着石头说："嘿，石头，既然不需要六只幼狼，那就赶快终结战争，把皮马托的力量赐给我吧！"

冰晶的脑海中突然闪现出一个大胆的想法：或许他自己可以去寻找那块石头？

对冰晶而言，这并非完全不可能的事。他只需要弄清楚一些关于影施族藏身之地的线索便可行动了。

接下来的一整天，冰晶决定放松自己，并利用空闲时间囤积各种食物。下午雨势稍歇，他便前往枫叶湖捕鱼。

枫叶湖是湍娜境内享有盛名的地标之一，与光之湾、倒影峡湾齐名。湖泊之所以得名，一方面是由于其形状如同一片巨大的枫叶，另一方面也是因为它位于广阔的枫树林带中。从树居族首领所在的巨大红杉树出发，周围树种依次变化：先是红杉，随后是杉暮、橡树、雨林树与桦树，最外围则是密集的枫树林，仿佛一道道向外延伸的涟漪。正值湍娜地区鱼类繁殖季节，湖中的鱼儿尤其丰盛。冰晶轻松地捕获了六条鱼，一口气吃掉，又把两条塞进随身的袋子，离开前还顺手将两条叼在嘴里。

当天夜晚，冰晶仰望着繁星密布的天空。他曾与青子一起根据历史和神话故事创造过许多星座。其中一个描绘了首领巅岭被杀的情景，图案展现的是旋影的利爪斩落巅岭的头颅；另一个则象征雪居族的诞生，画面中一道闪电从天空击中大地。

他们还曾构想过各个部族起源的星座：水居族诞生自一场剧烈的海啸；峡居族形成于高原剧烈的断裂；熔居族从地底喷涌而出；山居族本是巍峨巨山，却分裂成了众多更小而平缓的山峰。至于沙居族的起源，冰晶曾反复构思，最终想出这样的故事：沙居族原是雪居族的一名皮马托所创造，以帮助雪居族战胜影施族。然而战争结束后，沙居族却背叛了雪居族，挑起另一场冲突。那幅星座画面里，沙居族的首领站在一块巨石之上，向自己的族人展示他们胜利的荣耀。

临睡之前，冰晶还想再创造一个特别的星座。他尝试用不同的想法对应着星空，最终灵感乍现：他要把"宁静之石"也融入星空之中。于是，他用八颗星星勾勒出石头的轮廓，再用十八颗星星标示出影施族的皮马托所雕刻的线条。凝视着这幅"宁静之石"的星座图，他渐渐进入了梦乡。

那一夜，冰晶做了一个奇特的梦：他和一只雪居族的幼狼、一只山居族的幼狼、一只熔居族的幼狼、一只沟居族的幼狼，还有青子，一同踏上了寻找宁静之石的旅途。他们所处的位置并不明朗，很可能是在水居族的领地之中。梦里，青子正与沟居族的幼狼激烈地讨论着，他们当初为何不选择避开那片争议不断的土地。

"这是条捷径！"那只雪居族幼狼固执地坚持。

"你这是想送死吗？"青子毫不客气地反驳。

"我支持这位树居族的观点，"熔居族幼狼插嘴道，"即使我们打算阻止那场战争，也不能贸然自投罗网。"

"它就在那儿！"山居族幼狼忽然惊呼。

大家赶紧拨开茂密的灌木丛，只见那块"宁静之石"正静静地躺在其中。奇怪的是，竟然没有人提前发现这块石头，因为它所在的灌木丛正散发着明亮而幽异的蓝色光芒。

"终于找到了！"沟居族幼狼兴奋地高呼，"永恒的和平属于我——"

话音未落，宁静之石便猛然碎裂，化作数百片碎片，紧接着十只影施族的狼竟从碎片中跃然而出，迅速地朝他们扑来。那些影施族的狼拥有巨大而锋利的利爪，獠牙更是令人胆寒。五只幼狼立即惊慌失措地四散逃跑。可由于那只雪居族幼狼本就是盲狼，没人顾及或回头帮助他。他被孤零零地留在了原地。

逃跑途中，冰晶匆忙回头看了一眼，心中顿时一凉：只见身后蓝色的鲜血飞溅开来，洒满了地面。

那只雪居族的幼狼，已经倒下了。

五个月过去了，幸存的几只幼狼转移到了沙居族的领地。他们在此遇见了一只树居族狼，据说这只狼对"宁静之石"颇有研究，并且同样渴望获得皮马托的力量与和平。沟居族的幼狼告诉他们，这次那块石头并非藏在她的家乡，而是隐藏在沙居族的地盘之内。

正当他们在名为"光泽沙丘"的地方仔细搜寻时，青子突然感觉爪子被尖锐的东西狠狠扎了一下。

"哎哟！"青子痛得叫出了声。她低头一看，发现几根尖刺深深地扎进了自己的爪子，鲜血沿着前臂滴落下来。

"会不会是不小心踩到了带刺的灌木？"沟居族幼狼赶紧问。

"也许吧……"青子一边疼得倒吸凉气，一边小心翼翼地将扎进爪子里的刺一根根拔出。

冰晶开始在沙地中挖掘，但炎热的气温让他感到异常难受，他不得不小心地躲避沙地中的尖刺，边喘气边继续挖掘。其他狼也纷纷加入，经过一番努力后，他们终于清理出灌木四周的沙土，果然发现"宁静之石"就静静地躺在底下。这一次，石头散发着妖异的红色光芒。

"可是这些刺怎么办？我们怎么才能拿到它？"冰晶皱眉问道。

"我难道没有告诉过你们吗？其实，我就是一名皮马托。"沟居族幼狼神秘地说道。她轻轻甩了甩尾巴，刹那间，一个椰子大小的火球便浮现在她的面前。她又优雅地扬起尾巴，让火球在空中划出一道优美的弧线，最终稳稳地落在熔居族幼狼的左爪之上。那火球竟未伤到他分毫，而是奇妙地悬浮在他的爪尖上空。

"为什么火球不给我？"另一只树居族幼狼嘟囔着抱怨道。

"别磨叽了。"沟居族的皮马托没好气地回答，"因为熔居族天生对少量岩浆具有抗性，既然连岩浆都不怕，那火焰自然也伤不到他。再说，这火球现在虽然悬浮，但并不稳定。"

"可正因为它悬浮着，不就不会伤到任何狼吗？"树居族幼狼仍然不服气。

"问题在于，我还没完全掌握皮马托的力量。有时候，我使用这些能力会'失控'。万一火球突然失去控制掉下来，把你的爪子烧伤了，那后果就严重了。"

"你们到底烦不烦啊！赶紧把那片灌木烧了好吗？！"青子终于忍不住大声吼道。

"好吧，好吧。"沟居族幼狼无奈地叹了一口气。

"但火球不会连同宁静之石一起烧毁吗？"熔居族幼狼担忧地问。

"当然不会，有两个原因，"皮马托解释道，"第一，它毕竟是石头，本来就不容易被烧毁；第二，宁静之石本身便是由皮马托创造，而皮马托创造的物品是无法被另一个皮马托的力量摧毁的。"她随即转向青子，"好了，青子，让熔魂来替你烧掉那些烦人的灌木吧。熔魂，你可以把火球扔过去了吗？"

熔魂稳稳地瞄准灌木丛中央，将火球抛掷而出。一瞬间，灌木丛猛烈地燃烧起来，仅仅半秒钟就化为灰烬。

"现在，永恒的和平终于属于我们了！"沟居族幼狼再次兴奋地宣布，"我相信这一次不会再有谁能——"

　　冰晶还没看清后续发生了什么，就猛然从梦中惊醒。他努力想再次入睡，以便"看完"那个奇特的梦境，足足折腾了一个多小时才重新睡着。

　　重回梦中，那几只幼狼仍在，只是这次他们竟然站在创造火山的顶峰。

　　创造火山存在着不同的阶段，这一点熔居族早已熟悉，并不怎么在意。第一个阶段被称作"空虚阶段"，火山内部一片寂静，看不到任何岩浆的踪迹。接下来便是"上升阶段"，岩浆逐渐攀升至火山的三分之二高度。紧随其后的是"沸腾阶段"，滚烫的岩浆填满火山口，翻滚不息，偶尔还有少量岩浆溢出。最混乱、最具破坏性的当属"爆发阶段"，此时岩浆猛烈喷涌而出，伴随炽热的火山灰直冲云霄。最后则是"冷却阶段"，滚烫的岩浆逐渐凝固成岩石，弥漫的火山灰也渐渐散去。除了短暂而剧烈的爆发阶段之外，每个阶段都会持续三到四周，而爆发阶段通常仅持续两天左右。

　　此刻，他们所处的火山正处于"空虚阶段"。山下聚集着来自八大部族的狼群，密密麻麻，一眼望不到尽头。幼狼们能够清晰地听到他们高声齐呼："六只幼狼！六只幼狼！"此时，一个熟悉的身影逐渐从狼群中浮现，那是首领巅岭的幽灵。他凝视着山顶的幼狼们，庄严地宣布，他们便是传说中的"宁静之幼"。

　　随着这句话的回响，梦境真正地划下了句点。

　　"快点，快点！"有人急促地催促道。

　　"嗯……？"冰晶迷迷糊糊地嘟囔了一句。

　　"枫叶湖南边来了两只陌生的狼，它们不是树居族的。"冰晶立即辨认出这是青子的声音。

　　"我……是在做梦吗？"冰晶仍有些茫然。

　　"你当然不是在做梦，"青子干脆地说道，"不信我摇醒你！"话音未落，她便一把抓住冰晶的前爪，用力地摇晃了几下，"看吧，你明明是醒着的，快跟我来。"

　　冰晶摇摇晃晃地走出小屋，紧跟在青子身后。他们悄悄来到一块巨石后藏身，这块巨石正好位于茂密森林与枫叶湖开阔地带的交界处。

　　事实上，冰晶和青子可算得上是出色的"间谍"组合。他们并非受命于任何首领，只是单纯以观察他人为乐趣，甚至经常潜出树居族的领地。他们曾偷偷观察过各种狼群：几乎所有首领（除了水居族首领以外）、各部族首领的幼狼、不属于任何族群的流浪狼，甚至还有一名试图刺杀山居族首领的沙居族刺客。他们后来将那名刺客的行踪透露给了一只熔居族的信使，这才帮助一名峡居族成功击毙了刺客，全靠这两个"小间谍"的情报。

此时，他们继续仔细打量着眼前那两只陌生的狼。

"嗯……棕色条纹、黑色斑点，那只肯定是沟居族的狼！"青子压低声音分析道。

"另一只的肚子是深绿色，身体却是蓝色，而头部是白色……真奇特……这是水居族的狼吧。"冰晶轻声自语，"等等，一只水居族和一只沟居族的狼在一起？"

"这两个族群不是在战争中敌对的吗？"青子更加谨慎地压低了声音。

"我们去问问就知道了。"冰晶果断说道，一个箭步从巨石后跳了出去，青子则从另一侧迂回包抄。

"站住！"青子首先大声喝止。

"你们两个在这里干什么？"冰晶厉声质问，"水居族的，留下！沟居族的，赶快离开！"

"哇，这绝对是个误会。"那只水居族狼连忙解释道，"我们只是在寻找宁静之石，途中碰上一场战斗，所以才不得已绕路到这里来。"

"宁静之石？"冰晶心头一震，立刻回想起自己曾经苦苦思索的问题。他沉吟片刻，开口道："其实……我也想加入你们，一起去寻找那块石头。"

青子原本带着怒意的脸庞瞬间变成了嘲弄的神情："哈！宁静之石？不过是个神话故事罢了，你们不会真的信了吧？"

"我可没开玩笑。"冰晶淡淡地说道。

"那你倒是去拆穿这个神话，证明我错了呀。"青子挑衅道。

"我会证明给你看的。"

"行啊，那就祝你好运，"青子讥讽地说，"说不定你们这些小家伙还真能获得皮马托的力量，而我却没有——可这东西根本就是个谎言！"

冰晶没有再回应，而是与那两只陌生的幼狼离开了，一直走到青子听不见他们的谈话为止。

"嘿，你们叫什么名字？"冰晶开口问道。

"风殇和雷予，"那只沟居族幼狼答道。

"我们来自四部族学院，"风殇接着补充。

"我听说过那里，难怪你们会结伴而行，"冰晶仔细打量他们，"我原本以为你们只是偶然相遇，随口提到了宁静之石，或者……你们俩之间是不是有什么特殊的感情关系？"

"别乱说！"风殇猛地吼了一声，一爪轻轻拍打在冰晶的腿上。

冰晶踉跄了一下才稳住身体："所……所以你们是在学院里认识的，嗯……总之，我也想加入你们。"

"嘿，这下我们正好凑够三只幼狼了！"雷予高兴地说道。

风殇也平息了怒气，转而问道："那我们接下来去哪儿？"

冰晶第一次悄悄探查雷予的念头，却惊讶地发现对方所想的目的地正是他最不愿踏足的地方。他心里顿时咯噔一下，暗道："糟糕了！"

此时雷予已经轻巧地跃上了冰晶和青子之前藏身的那块巨石。青子则早已转身朝着首领所在的大树方向离去。

"下一站，"雷予充满自豪地宣布，"熔居族领地！"

第三章

　　黑曜沿着新生之路前行，去朝拜那座胜利石碑。这条道路是通往创造火山山顶的唯一途径。胜利石碑与传说中的宁静之石颇为相似，同样刻着皮马托雕琢的神秘线条，只是胜利石碑上的线条多达十六道，而非宁静之石的九道，体积也远比传闻中的宁静之石庞大。

　　对其他部族的狼而言，胜利石碑上的文字晦涩难懂，如同胡言乱语；但对熔居族来说，这些文字却神圣无比。不论创造火山正处于什么阶段，熔居族的狼每天都会虔诚地朝拜两次。朝拜所需的时间因狼的身份和年龄而异：幼狼只需约六分钟，成年狼约需十四分钟，议会成员则需二十分钟左右，而首领更是需要整整半个小时。不过，他们每天仅会登上新生之路一次。

黑曜突然向上一跃，在身体还未落地时，便轻轻摆动尾巴朝下，整个身躯竟如同羽毛般平稳地悬停在半空之中。"希望没人看到……"黑曜暗自祈祷，"我可不想这么快就暴露自己拥有皮马托的力量。"随即，他抬起一只前爪，指向新生之路更高处的目标。

　　抵达指定位置后，黑曜又摆动尾巴向上，稳稳地落回地面。由于眼前的小径狭窄陡峭，他小心翼翼地迈出几步，确认安全后，才恢复了正常的攀登速度。

　　朝拜完胜利石碑，黑曜谨慎地环顾四周，确认附近没有其他狼。确定无人后，他向后退了几步，正准备助跑跃起时，一只首领的幼狼却突然从转角冒了出来。

　　"哎呀！"黑曜惊呼一声，努力让自己的反应不至于显得失礼。

　　"呃……黑曜，你在干什么？"那只幼狼疑惑地盯着他问道。

　　"哦，是你啊，熔炎，"黑曜尽量镇定地回答，"我、我在朝拜胜利石碑。"

　　"我觉得你肯定知道我的名字，可是刚才你到底在做什么？"熔炎显然并不满意黑曜的回答。

　　"我在……观察下面那些岩刺。"黑曜随口编了个理由。

　　"呃……那些岩刺有什么好看的？"熔炎更加困惑了。

黑曜叹了口气，心想或许是时候坦诚自己的力量了。毕竟对方是首领的幼狼，告诉他也不会有什么坏处。

　　"熔炎，其实我一直有件事瞒着你。我是个皮马托，也许是熔居族里唯一的，甚至可能是整个淄娜唯一的皮马托。"

　　熔炎低下头，沉默了一阵："其实……我也有个秘密。我能看到未来。"

　　黑曜惊讶地瞪大了眼睛："看来每只狼都有自己的秘密啊。"

　　"你能证明自己真的是皮马托吗？"熔炎充满好奇地问道。

　　黑曜盯着自己的爪子，心中掠过一丝犹豫，但最终他决定做正确的事情。他缓缓合拢双爪，保持了约五秒钟。当他再次摊开爪子时，一团明亮的蓝色光球浮现在他们眼前。

　　"我把它称作'海啸之球'，"黑曜解释道，"颜色如同席卷海岸的海啸一般蓝，而且破坏力同样惊人。想看看它的威力吗？"

　　熔炎兴奋地点点头。两狼再次确认周围无人后，悄悄地朝火山顶走去。

　　黑曜将那团蓝色光球朝着雪居族的领地方向抛去。大约三十秒后，远处传来了轻微的爆炸声。

熔炎凝神注视着爆炸的方向，过了一会儿才放松下来："没人受伤，不过真是太酷了！我得去拜祭石碑了。"

那天夜里，黑曜伴随着翻滚涌动的岩浆声进入了梦乡，那股炽热的岩浆正不断地涌向创造火山的顶端。

熔居族的领地内共有三座村落。其中一座位于领地的西北方，黑曜便居住在那里。另一座则位于西南方，这个村落的面积是西北村庄的两倍之多，因为首领溪洄和熔炎就生活在那里。最古老的村落由一系列洞穴组成，与胜利石碑所在的洞穴极为相似，不过规模最小，仅驻扎着一个狼群。

深夜时分，四只沙居族的狼潜入了熔居族的领地进行侦查。他们奉命而来，首领给出的指令是："尽可能多地抓走俘虏"，但更重要的是："击杀首领溪洄"。他们打算先找到接近首领的途径，再去实施抓捕计划，并完成对溪洄的暗杀任务。

"嘿，我想我找到一条路了。"其中一只沙居族的狼低声说道。

"那我们是现在抓俘虏，还是等完成任务后再动手？"另一只狼问道。

"先抓俘虏，然后再杀首领。"第三只狼迅速回答，"不过我们必须悄无声息地行动。"

"要是我们兵力足够，就能直接攻进去。"第四只狼不耐烦地说道。

"那样行不通。我们的首要目标是击杀溪洄。如果大举进攻任何一个村庄，溪洄必然会有所警觉并加强防备。"

"等等，我们能不能先抓住首领作为俘虏，然后再将她杀死？"

其他三只狼犹豫了一会儿，其中一只终于开口道："听起来不错，但这样势必会惊动其他熔居族的狼，到时候他们四散逃走，我们就难以抓住更多的俘虏了。"

于是，他们分成两组行动，两只狼向左侧走去，另外两只则往右侧。他们小心翼翼地进入每个窝穴和小屋，使用绳索捂住俘虏的嘴，将他们悄然带走。约莫一个小时后，沙居族的狼重新回到了集合点。

"我们应该都搜查完了吧？"

"嗯……看起来没漏掉什么地方。"

"不对，你们看那个角落里的小屋，"其中一只狼指着村落左侧最远的一间小屋，"似乎没人进去检查过。"

原先负责左侧的两只狼想了想，才发觉自己确实忽略了那间小屋。他们回忆起首领的命令："尽可能多地抓熔居族俘虏。"出于谨慎起见，他们不敢独自前去冒险，于是叫上了右侧的同伴。

四只狼一齐悄悄走近小屋，发现里面仅有一只狼。其中一只右侧的沙居族狼迅速拿出麻醉针，准确地扎进对方的身体，再用绳索牢牢捆住了对方的嘴。随后，他们合力将这只狼拖到了村庄外围一个更加隐蔽的藏身点。一只狼立刻赶回沙居族领地，向首领报告他们成功捕获了一些熔居族的俘虏。

　　太阳即将升起之前，三十二只沙居族的狼悄然潜入了熔居族领地。他们带来了类似手推车的运载工具，用于运送俘虏，每只狼负责装载两名熔居族。他们再次向俘虏们注射了更多的麻醉剂，每个被俘虏的熔居族脑海中都笼罩着混乱的迷雾与无数负面情绪。有一只狼朦胧地感知到："好像有什么狼就在附近，可为什么我无法清醒？难道和我的皮马托力量有关吗？"这只狼仿佛在迷雾中迷失了方向。然而，在所有熔居族中，只有一只狼真正拥有皮马托的力量。

　　那便是黑曜。

　　他在极度炎热的环境中苏醒过来，视觉和听觉都仍模糊不清。"这里怎么这么热啊？我能感觉到有很多沙居族在附近，也有一些熔居族。"待感官渐渐恢复清晰后，他开始打量起四周。其他苏醒过来的熔居族也困惑地观察着环境，他们很快注意到自己全都被关押在一个巨大而拥挤的牢房里。唯有黑曜注意到牢房上方似乎还有几只山居族。

　　就在此刻，两个守卫突然闯了进来。

"你，跟我们走。"其中一只守卫指着黑曜命令道。这只守卫戴着一副面具，另一只则穿着坚硬的盔甲。

"呃，要去干嘛？"黑曜问道。

"审问，"穿盔甲的守卫不耐烦地回应，"少废话。"

"可你们为什么要抓我当俘虏？而且为什么沙居族会抓熔居族的狼？按照常理，不该是山居族被水居族关押吗？天啊，这地方真够热的，我们那里也热，不过这里还有风，有风的时候更热你知道吗？抓我是不是因为战争的缘故？我想我猜对了一半，不，可能是大部分都猜对了。嗯，肯定就是我说的原因。话说回来，我们到底要去——"

"你再多说一句，我就咬你！"戴面具的守卫低吼道。

尽管如此，黑曜还是忍不住继续唠叨："我敢肯定，这肯定跟战争有关。难道你们觉得这样很好玩吗？随便绑架熔居族的狼？不过说实话，虽然我被关在这里，但这地方看起来还挺酷的。不过千万别忘了，这里真的很热啊！哦，那边的挂毯不错，还有那条也是！你们能不能跟我讲讲它们的故事？还有，这里的砂岩摸起来真光滑。我们是不是快到了？就是——"

"我说了我不是在开玩笑！"戴面具的守卫再次怒吼。然而奇怪的是，周围的沙居族似乎对此早已见怪不怪，完全没有任何反应。

十分钟后，黑曜终于被带到了审问室。他确信这是审问室，因为门边清楚地写着"审问室"三个大字。盔甲狼和面具狼把他推入房间后，便原路返回。

　　这房间像个简陋的巢穴，天花板上只吊着两盏灯，一盏散发着柔和的黄色光晕，另一盏则是温暖的橙色光线。房内仅有一只狼，他身形虽不算高大，但浑身肌肉结实，右侧身体从头到尾都有一道触目惊心的伤疤，左侧的伤疤则略浅一些。

　　"你好。"黑曜率先开口问候，"呃，你是这里有什么特别身份的狼吗？比如沙居族的军官？"

　　那只沙居族的狼不屑地哼了一声："你们熔居族还真够愚昧的，竟然连坐在自己对面的首领都认不出来。我可是沙居族里举足轻重的人物，我的名字叫砂岩。"

　　"就像我们一路过来看到的那些砂岩一样？"黑曜好奇地问。

　　"少胡扯！你完全没明白。我可不是什么普通的砂岩。虽然有些狼的确说我看起来像块石头，但那只是我的名字。我之所以重要，是因为在我的名字前面通常还会加上另一个称谓。"

　　"指挥官？"

　　"不是。"

　　"统领？"

"也不是。"

"将军？"

砂岩叹了口气："都不对。有这么难猜吗？第一个字母是A。"

"灰烬（Ash）？"

砂岩再次叹息："看来熔居族果然是群蠢货。我是沙居族的首领！正确答案是'首领'（Alpha）。从现在开始，要么称我'首领'，要么称呼我'首领砂岩'。"

砂岩本以为黑曜会被自己的身份吓到，没想到黑曜却兴奋地睁大了眼睛："哇！我从没跟别的首领说过话呢！"他兴奋地反复说道，"除了溪洄之外。"忽然，他意识到自己正处在审问中，"呃，对不起。"

砂岩的心情明显变差了："我们能开始审问了吗？"

"好的，首领砂岩。"

"告诉我：熔居族的首领住在哪里？她周围有多少士兵守卫？熔居族有什么不为人知的秘密？首领有没有幼狼？如果有，这些幼狼是否忠诚于她？"

黑曜绞尽脑汁地回答道："我只能告诉你，首领溪洄住在我们熔居族西南方的村落。我猜她现在可能正在拜访雪居族的首领。至于保护她的士兵数量，我并不清楚，因为我不是士兵。我对熔居族的秘密也知之甚少，毕竟我还只是一只幼狼。不过，溪洄确实有个幼狼，而且对她非常忠诚。"

49

砂岩对这些回答似乎颇为满意："很好，你可以回牢房去了。能不能找到回去的路，就看你自己的本事了。如果半路上被哪只沙居族杀了，可别怪我。只能怪你那颗愚蠢的脑袋活该。"

幸运的是，黑曜顺利地找回了牢房，守卫也没有为难，乐意让他回到其他狼群中。一进门，他就被同伴们团团围住。

"你受伤了吗？""他们对你做了什么？""你还好吗？""他们是不是威胁你了？""沙居族有没有动手打你？"

"这些问题的答案统统都是'没有'。"黑曜向同伴们解释，"不过，我确实被审问了，而审问我的竟然是沙居族的首领——首领砂岩。"

接下来的两天里，没发生什么特别的事情。守卫每天只会来两次，送来一些食物。期间，有另外三只狼被带走接受审问。到了第三天，盔甲狼和另一名守卫再次来到牢房门口，把黑曜带去进行新一轮的审问。

这次前往审问室的道路与上一次不同。墙壁上砂岩的质感更加粗糙，挂毯的数量也明显减少。房间内同样显得破旧不堪，只有一盏昏黄的灯孤零零地挂在天花板上，那天花板看起来摇摇欲坠，似乎随时都会塌下来砸到下面的狼。

审问他的，依旧是首领砂岩。

"又见面了，熔居族。"砂岩淡漠地开口，"上次你提供的情报让我很满意，所以我决定再次审问你。"

"如果我拒绝回答你的问题，会怎样？"黑曜试探地问。

砂岩冷冷地盯着黑曜，语气冰冷而毫无情感："你觉得呢？只有一个字：死。"

砂岩首领的眼神犹如一把随时能刺穿对手的利刃，即便毫无怒意，那冰冷锋利的目光也让黑曜感到不寒而栗。

"这次我要问你六个问题，比上一次的难度高出许多，甚至可以说难度至少提升了五倍。"砂岩缓缓地说道，"第一个问题：整个湍娜地区一共有多少熔居族的狼？"

黑曜不假思索地回答道："准确来说，共有两千三百九十七只。其中大约三分之一是士兵，通常不在领地内驻扎。"

"那么士兵的具体数量是多少？"砂岩继续追问。

"大概在七百五十到八百七十五只之间。"黑曜谨慎地回答。

"你认为沙居族、水居族和树居族是否应该联合起来消灭峡居族？"砂岩语调森然。

黑曜听到这问题时微微有些恼火："这种问题我没资格回答，不过我个人认为不该。"

"那么，这几个部族是否该彻底摧毁雪居族呢？我们和他们接壤，发动进攻并不困难。"

"是啊，"黑曜带着明显的讽刺口吻说道，"当然，你们随意。"

砂岩似乎并未察觉他的讥讽，反而露出笑容："好，继续问。你觉得我们该不该消灭沟居族？"

黑曜的愤怒渐渐升腾，声音也变得更加坚定："我当然觉得不该！"

"最后一个问题——"砂岩突然凑近黑曜，声音变得压低而危险，"假如水居族下达命令，让我们彻底铲除熔居族，你又作何感想？"

黑曜顿时感觉自己内心的怒火如创造火山般即将爆发。他努力回忆起胜利石碑上的文字，让自己保持冷静。"我真想狠狠揍他一顿。"黑曜在内心深处暗想。他扬起爪子，随即又缓缓放下。他真的要对砂岩动手吗？他的内心仿佛筑起了一道无形的高墙，让他无法越过。

两只狼就这样沉默而紧张地对峙着，时间在空气中凝固了整整六分钟。对黑曜而言，这短短六分钟却漫长得如同六个世纪。

"你该知道，"砂岩终于打破了沉默，"拒绝回答的后果，就是死。"

"我看死的可能是你自己。"黑曜冷冷地回应道。然而他脑中的那道墙依然阻碍着他动手，但最终，他还是下定了决心："我还是……不愿意这样做。"

　　但话音未落，他的爪子已然出手了。

第四章

　　黑曜做的第一件事便是并拢前爪，凝聚出那颗闪耀着危险光芒的"海啸之球"，随即猛地朝门口掷去，自己则迅速冲了出去。守在房门外的士兵们立即摆出攻击姿态，但由于距离足够远，黑曜还有时间再次凝聚出另一个海啸之球。这次，他并未将球扔向卫兵，而是瞄准了已被破坏的门框上方，狠狠砸向那摇摇欲坠的天花板。果然，伴随着一阵剧烈的轰鸣，天花板应声而塌，或许还把首领砂岩压在了废墟之下。士兵们惊慌失措，赶紧跑去拨开瓦砾，试图救出他们的首领。

　　"您没事吧，首领？"一名卫兵焦急地呼喊着，"求您别出事，快醒醒……"

"这样应该能争取两分钟。"黑曜心中暗想，稍稍松了一口气，旋即拔腿狂奔，警惕地注意着前后是否还有追兵。他早就听说沙居族士兵在应对突发状况时反应极为迅速：或许一只狼能在短时间内击杀十五个沙居族士兵，但绝对撑不过一分钟，便会被其他士兵乱刃击毙。果然，不出所料，一大群沙居族士兵正咆哮着全速向他冲来。场面有些滑稽可笑——三十多个穷凶极恶的士兵竟在追赶一只本不该出现在这里的小狼崽。

黑曜忽然意识到自己拥有皮马托的力量，眼见首批士兵即将近身，他骤然一跃而起，在半空中双臂猛然横扫，士兵们顿时像被风卷起的落叶般，齐刷刷地飞向左侧墙壁。他稳稳落地后，操控着士兵们悬浮在空中，随即狠狠做了个推的动作，那群沙居族士兵便重重撞在墙壁上，纷纷倒地。他如法炮制，以同样的方式迅速解决了随后赶来的三波人马。

十分钟后，黑曜顺利来到了关押熔居族的牢房。他悄悄地从那扇无人注意、虚掩着的牢门中挤了进去，混迹在人群之中，装作若无其事的样子。很快，更大规模的沙居族援军咆哮着冲入了这座巨大牢房。黑曜又一次凝出海啸之球，只不过这次的球体是纯白色的。他将球扔向身后的墙壁，那面墙顿时冻结成了一整块冰墙。随后，他轻轻地挥出一拳，墙壁便如蓝宝石一般破碎开来。

"快跑！"几只熔居族的小狼崽惊恐地尖叫起来，"快逃啊！大家赶紧逃！"

黑曜正想用之前的方式阻挡士兵追击，但令人意外的是，这次士兵并未再次出现，反而是被击碎的墙壁自行长出了一层，将刚刚出现的出口重新封堵了起来。

　　无人注意到，外面竟然下起了雨。这对沙居族而言，或许是四年中唯一的一场雨。因为雨才刚刚开始，狼爪下的沙子尚未完全湿透，但每有十滴雨水落在黑曜脸上，脚下的沙子便湿润一分。

　　再逃了两分钟，熔居族一行陷入困境：城门紧闭，而沙居族的追兵已渐渐逼近。

　　"我知道该怎么办！"一只年幼的小狼崽忽然喊道，"我们去爬墙！"

　　众人面面相觑。

　　"她说得没错，"一只年长的狼立刻回应，"这堵墙的角度很适合翻越，砂岩块之间也有足够的缝隙，能将爪子插进去借力。"

　　囚犯们立刻四散开来，争相攀爬着墙壁。若此刻从高空俯视，便能看到首领砂岩营地的东侧墙根下，密密麻麻地布满了棕色、红色、深红色、橙色与炭灰色的狼崽身影。

　　熔居族一路狂奔，终于抵达了沙居族领地与光泽沙丘海岸线相接处才停了下来。那里有一小块椭圆形的土地，就像在沙居族地界里嵌入了一片半英里周长的熔居族领土似的。黑曜是孤儿，无人能帮助他，只能勉强在靠近海岸线的地方安顿下了一个"营地"。所谓"营地"，不过是一片粗糙而又不甚舒适的沙滩，还有咸涩刺鼻的海风呼啸着吹向西方罢了。

此刻的黑曜已经筋疲力尽，连番的逃亡与持续动用皮马托之力，让他再也无法支撑。他重重倒在沙滩上，不到十秒便沉沉地昏睡了过去。

距离日出还有两个小时，沙居族再次逼近——突然，从光泽沙丘方向传来一阵尖锐的喊叫：

"救命啊！他们找到我们了！"

黑曜猛地从"营地"惊醒过来。他立刻辨认出，那声音正是之前帮助众熔居族逃脱沙居族魔爪的小狼崽所发出的。他急忙向西边的地平线望去，耳边已能清晰地听到一阵阵兵器碰撞的铿锵声。一只独眼的沙居族狼，全身毛色苍白，正带领着百余名士兵步步逼近。

"你们已经被包围了。"独眼狼冥鸦冷冷地说道，"要么乖乖随我们回营地，要么我们动手将你们抓回去。"

黑曜忍不住冷笑了一声："'你们已经被包围了'？沙居族的狼怎么一个个都是这种冷冰冰的眼神？"他脑海中不由得浮现出首领砂岩的脸庞，那同样冰冷刺骨的目光，让人不寒而栗。

"嘘……小狼，别出声。"一个低柔的声音突然从背后传来，"我在你后面。"

黑曜吃了一惊，猛地回头一看，发现身后竟站着一只沙居族的小狼，年龄、体型甚至神态都与自己极为相似。他本想掩饰心中的震惊，却毫无效果。

　　"你……你怎么会在这里？"黑曜低声问道。

　　"我擅长打地道，"那只小狼淡然地答道，"你听说过'宁静之石'吗？"

　　"是和'胜利石碑'差不多的东西吗？"黑曜敏锐地注意到，从沙居族士兵所在的位置，一条浅浅的沟壑正一路延伸到自己脚下——那多半就是眼前这只小狼挖掘的地道。

　　"胜利石碑？那是什么东西？"对方显然对熔居族的历史并不了解。

　　"是我们族群中极为神圣的物品。算了，先说说你提到的宁静之石吧。"

　　"传说那是一块由影施族皮马托雕刻的特殊石头，找到它的狼能够获得强大的皮马托之力，同时还能为八大部族带来永恒的和平。但要找到它，必须集齐六只狼崽，其中一个部族需派出两只，另外四个部族各派一只。"

　　"所有人，立刻向海岸方向集合！"冥鸦在远处高声命令道。

　　"带队的那只狼是谁？"黑曜压低声音问。

58

"他叫冥鸦，是首领砂岩的兄弟，"那只擅长打地道的小狼低声回答，"如果被分配到他手下当兵，那绝对比进地狱还要恐怖。"

"'宁静之石'听起来倒挺不错的。"黑曜轻声道，"你打算去找它吗？"

小狼叹息了一声："没错，我一直都想去。但跟着冥鸦跑遍了整个湍娜大陆，也从没机会与其他狼崽组队。即使是同族，也根本没机会开口。平时除了与沙居族的首领或士兵交流，我基本不会跟任何狼多说一句。我其实非常厌烦那种'喂，别动，老实点！'的官腔……"

"我们熔居族有句老话：'既然身为岩浆，就别沦落成稀泥；即便生活艰难，也要坚强地活着。'"黑曜安慰道。

"对了，我叫烁阳。你愿意跟我一起去吗？我想办法能偷偷溜出去。"

"我叫黑曜。"他抬头看了看阴沉的天空，心中不禁感到一丝讽刺，但还是坚定地说道，"我答应你。"

另一边，雷予、风殇与冰晶正在树居族的森林中穿行。冰晶走在前面带路，轻盈熟练地穿梭于密林之间，同时还能悄然潜入其他狼崽的思维。

风殇的思绪宛如一条奔腾咆哮的急流。冰晶刚一探入，便被汹涌而来的念头狠狠冲击，险些站立不稳。

"你……你没事吧？"雷予关切地问。

"只是差点绊倒了。"冰晶声音有些虚弱地回应。但脚下明明没有凸起的树根，也未见枯枝或石块，这个解释多少显得有些苍白。

雷予的思维同样敏锐迅捷，但与风殇的猛烈洪流不同，冰晶感受到的是一股温暖且包容的力量，如同一条幽静而隐秘的小溪，缓缓地接纳了他的进入。

三只狼崽一路前行，忽然转入一条陌生的道路。冰晶自认对树居族领地的地形了如指掌，却没料到竟然还隐藏着这样一条宽阔且频繁使用的路径。路面上的脚印密密麻麻，明显往来狼群众多。就在他们经过的一刻钟之内，便遇见了络绎不绝的狼群：有背负着雨林水果献给首领林木的狼，有水居族和沙居族派来的信使，还有一队被俘虏的沟居族狼，以及——首领环礁本人。

首领环礁以富裕和冷酷著称。她向整个淄娜大陆上的水居族征收巨额贡金，任何胆敢反对她的狼都会遭到两种极端惩罚之一：要么亲手被她推下海葵群岛的悬崖，要么二十名该狼的同胞会被捕并遭到毒杀。此外，密探立功所得的财富中，九成也必须上交给她。

此刻，她正端坐在由六只水居族狼抬着的小平台上，平台顶篷铺满了乌詹卡叶子。她居高临下地大声呵斥道："让开！全都让开！你们挡住路了！难道你们首领出行不也是如此吗？快让开！我们是同一战线的，听我的号令！"

60

道路上的狼群纷纷后退，不敢触怒这位首领。

"喂，你。"环礁目光忽然扫到风殇身上，锐利地说道，"你是水居族的狼崽，应该向我行礼才对。还有你们这些……等等，为什么沟居族和雪居族的狼崽也在这里？"

"这……这个……"风殇顿时语塞，慌忙寻找合适的借口。要是告诉环礁自己正在寻找宁静之石，她一定会嘲笑不已，就像之前遇到的那只差点动手的树居族狼一样。她灵机一动，急忙解释道："我正在执行一项剿灭雪居族的任务，奉命清理树居族、沙居族和水居族领地内所有的雪居族狼。刚好抓到了这只雪居族狼崽，正准备把他押送到附近的沙居族哨站暂作休整，再由沙居族处理。途中又遇见这只沟居族狼崽，索性一并带上了。"

"她脑筋倒是挺灵活的嘛。"冰晶暗自感叹道。

"我可从来没下过什么'剿灭某个部族'的命令，更别说专门针对雪居族了。"首领环礁冷冷地质问道。

"但……但这是您的某位指挥官下达的命令啊！"风殇急忙辩解。

"某位指挥官？水居族只有我和我兄弟拥有最高的指挥权。你确定你真的是水居族的吗？"环礁语气变得更加凌厉。

"我……我从两岁半开始就被部族里的一名议员送去了四部族学院……"风殇心虚地回答，事实上她自己也记不清当初究竟是谁送她过去的。

"我们部族只有七位议员，他们才不会随便与什么小狼崽交流。"环礁语带嘲讽。

"为什么他们从不与别人沟通？"风殇忍不住反问。

"你是在质疑我吗？"环礁的目光顿时更加冷酷。

"那你是在质疑我吗？"风殇毫不示弱地顶撞道。

周围的狼群纷纷倒吸一口凉气，小声议论起来："她居然敢这样顶撞首领？""这只小狼崽怕是活腻了吧！""她完了！""看来我还是把这筐水果赶紧送给首领林木算了……"

"够了！"首领环礁彻底暴怒，"我不管你们是不是同阵营的，统统给我拿下！"

"快跑！快跑！快跑！"雷予急促地喊道。

"好、好、好——"风殇尖叫着拔腿便逃。

"天啊，又要被追杀了吗？"冰晶无奈地自言自语道。

冰晶决定绕小路逃跑，毕竟密林中的障碍或许能稍微拖延一下首领环礁的侍卫。然而令他们惊讶的是，那些侍卫在树林中行动异常熟练，仿佛对树居族的领地了如指掌一般。显然，作为环礁的侍卫，所受的训练必定包括熟悉树居族的每一寸土地。

"快，这里！"冰晶忽然指向地面上的一道隐秘暗门。暗门已经打开，看起来通往某个隐蔽的地方。冰晶毫不犹豫地钻了进去。

"下面通道很狭窄！"他的声音从地底传上来，"要是患有幽闭恐惧症，那就只能自求多福了！"

风殇和雷予几乎同时跳进了那个狭小的通道，所幸他们都不怕狭窄空间。

雷予落地后惊叹地说道："这里……实在是太棒了！"

他们眼前的空间仿佛是冰晶地上小屋的地下复制品：有储藏食物的区域，也有铺着苔藓和蕨类的床铺，摆设位置与地面的小屋几乎一模一样。唯一不同的是，这里额外挂着四盏散发出浅蓝色光芒的灯，却没有地上那只松鼠宠物。他们能听到头顶上环礁侍卫来回搜寻的脚步声。

大约过了二十分钟，冰晶通过一支伪装成树苗的潜望镜观察外面的情况，确定那些侍卫已经撤离。

"安全了。"他松了一口气说道。

"我饿死了，"雷予抱怨着，"这里有什么吃的吗？"

冰晶下意识地望向储藏食物的地方："我去抓两只松鼠猴怎么样？或者弄一只水豚？"

说着，他走到床边的一堵墙前，挥拳敲向墙面的一处机关。墙面立刻裂开，露出一根拉杆。冰晶用力拉下拉杆后，一架梯子和另一扇暗门随即显现并打开。风殇和雷予听到他在上面兴奋地喊道："这里有好多水豚啊！我们今晚可以好好饱餐一顿了！"

结果他们果真大快朵颐了一顿。冰晶一个接一个地将捕来的水豚尸体丢进洞里，甚至还额外捉了一只松鼠猴。

"我们现在去熔居族的领地吧？"风殇提议道。

"我赞成，"雷予附和，"或许在那里能找到另外两只熔居族的小狼崽。之后再找一只沙居族、山居族或峡居族的小狼崽就齐了。"

"行啊。"冰晶一边大口地咬着水豚肉，一边含糊地回答。他几乎独自吃掉了四分之三的水豚肉以及整只松鼠猴，剩下的少量水豚肉对风殇和雷予而言只能算是"加餐"。饭后，冰晶将余下的食物装进随身的小囊，示意他们随时可以动身。

三只狼崽刚踏进熔居族领地，立刻感受到了这里严酷的环境。尤其是风殇和冰晶，对这里的炎热尤为不适应，不得不时不时停下来喘息休息片刻。冰晶更是热得直喘粗气，雷予忍不住调侃："你喘气的声音，恐怕海葵群岛上都能听得见。"

尽管热得难受，冰晶还是忍不住想再次潜入青子的意识，看看她是否仍在嘲笑自己要去寻找什么"宁静之石"。结果果然不出所料，他立刻"听"到了青子的内心哈哈大笑的声音：哈哈！冰晶居然还真的想去找宁静之石！他肯定会对我说："青子，你就是只幼稚的小狼崽，难道你不想跟我一起去寻找宁静之石吗？"我才不在乎呢！那个东西根本就不存在！哈哈哈哈！

　　他们在熔居族领地整整花了三天，试图邀请一些狼崽加入队伍，但得到的答复却无一例外都是："没兴趣"、"不行"、"别再来我巢穴烦我"之类冷淡的话语，甚至还有人问："宁静之石是什么？"令他们感到极为沮丧。

　　"我彻底放弃了，"冰晶抱怨道，"我们能不能换个没那么热的地方？我还是比较适合冷一点的环境。"

　　"我也是。"风殇一边喘着粗气，一边赞同道。

　　"来熔居族领地是我的主意，你们知道我为什么要选择这里吗？"雷予皱眉说道，"还不是为了尽快找到队友。"

　　"雷予，你这么说是在自责呢，"风殇叹了口气。

　　"可是带你们出来寻找宁静之石的人是我，遇到冰晶更是纯属——"

　　"巧合。"冰晶插嘴道。

"不管怎么说，这次我来做决定，"雷予深吸了一口气，语气坚定地说，"我们去沙居族试试运气吧。你们两个，不许再抱怨了。"

　　此刻，四部族学院的首领狼雪岭正对着一块石板长长地叹息了一声。

　　"我为什么会允许他们去寻找什么石头呢？"他自言自语道。事实上，雪岭早已疲惫不堪，现在只想好好地睡上一觉。他将手中的石板放到一旁，开始整理起几只狼崽寄来的信件，准备稍后派信使将信送出。

　　"算了吧，如果他们真的找到了宁静之石，这学院也就没有存在的必要了。到时候我还可以回去继续当我的首领……也不知道林木现在情况如何了……"

　　想着想着，雪岭便沉沉地睡了过去。

第五章

烁阳带着黑曜返回首领砂岩的营地。然而，回程远非易事，因为所有沙居族的目光都死死盯着这些俘虏。

"响尾蛇分队，集合！"冥鸦厉声下令。

一面绘着蛇形图案的旗帜迅速升起，在风中猎猎作响。

"到！"举旗手挺直腰板，高声回应。

所有响尾蛇分队的士兵迅速而整齐地列队集结于旗帜后方。冥鸦锐利的目光扫过队伍，眉头紧皱。

"响尾蛇编号七十一！"冥鸦声音如同利刃一般划破空气，"七十一在哪儿？！"

"我想七十一已经擅离职守了。"举旗手平静地说道，"依规，应当立即处决。"

"谁是七十一？"黑曜低声问道。

烁阳垂下头，内心挣扎着回答："很不幸，就是我。"他此刻内心纠结万分，一方面渴望与黑曜共同寻找宁静之石，另一方面却又不愿背弃沙居族军队的纪律与责任。黑曜察觉到他的矛盾与痛苦，决定动用自己的皮马托力量。

"往头上撒点沙子。"黑曜突然说道。

"你要做什么？"烁阳一脸困惑。

"照做就是了。"黑曜轻轻踢了些沙子过去。

烁阳犹豫片刻后，按照指示将沙子撒到自己头顶。

"待会儿跟在我后面，保持四五英尺的距离，"黑曜谨慎地叮嘱，"对了，闭上眼睛。"

烁阳紧张地站到了皮马托的身后。黑曜伸出手指，轻触自己的太阳穴，以近乎耳语的声音说道："首领砂岩的营地。"

刹那之间，小狼崽们便已置身于一座巨大的建筑内。

"睁开眼吧。"黑曜低声说道。

烁阳刚一睁眼，顿时惊慌失措，拔腿就要狂奔。

"你干什么？！"黑曜愣在原地。

"我们现在就在营地中央啊！"烁阳低声嘶吼道，"一旦被人发现，你我都会变成烤焦的骆驼肉！我会

68

被认为在放走俘虏，你则根本不该出现在这里！快，跟我来，我带你去我的宿舍！"

他们穿过营地，来到黑曜最熟悉的一片区域。黑曜径直冲进一间门口挂着"响尾蛇宿舍"标牌的房间，甚至连牌子都没注意到。

"嘿，这就是你的宿舍吗？"黑曜问道。

烁阳无奈地叹了口气："你跟个撞坏脑袋的沙漠兔一样，难道没看到牌子吗？没错，就是这里。"

宿舍的面积与熔居族的牢房差不多，屋内密密麻麻摆满了床铺，天花板上开了一扇星形的窗户。

"我好困啊。"黑曜打着哈欠抱怨，"黎明前两个时辰，有个小狼崽把我吵醒了，说要警告我们提防你们。"

"那就随便找张床睡吧，"烁阳说道，"他们现在应该都出去巡逻沟居族与水居族交界的地区了，不会提前回来，你可以放心——"

他的话还没说完，黑曜已经一头倒在一张石床上沉沉睡去。

四个时辰后，正是烈日当空，黑曜终于醒来。

"我饿了。"他揉着眼睛，打着哈欠嘟囔道。

烁阳早已清醒，没好气地说："天啊，你能不能不要再抱怨了？"

"我只是胃口比较大。"黑曜耸耸肩。

烁阳叹了口气，递给他一截削了皮的仙人掌和两只沙漠狐。"拿去吃吧。"

黑曜毫不客气地接过食物，狼吞虎咽地吃起来，本该十分钟才能吃完的食物，他三分钟不到便一扫而空。

"这里不安全。"他边咀嚼着最后一块沙漠狐肉边说道，"我得带你回熔居族的地盘，那儿有足够的空间让你住下。"

"他们会把我关起来的。"烁阳警惕地说道。

"熔居族即便在战争中也一贯和平，"黑曜认真解释道，"我们极少关押俘虏，只有少数忠心耿耿的狼才会举报可疑的外来者。"

"能出多大的问题呢？"烁阳苦笑着。

"的确如此，"黑曜微微一笑，"而且我们那儿凉快得多。走吧，现在跟我回家去。"

两只小狼踏上了通往熔居族领地的三条道路之一。五个多时辰后，他们终于抵达了目的地。

黑曜与烁阳刚刚踏入村落，便被迎面扑来的浓烈烟尘呛得咳嗽不止。黑曜皱紧眉头，他意识到：爆发阶段肯定发生在自己离开的这段时间里。事实果真如此，冷却阶段的迹象比比皆是——耳边隐约回响着熔岩流动的声音，空气中飘荡着细碎的灰烬，温度微微升高，随处可见凝固的岩浆痕迹。

"你说得没错，"烁阳环视四周，喃喃说道，"这里确实比沙漠凉快不少。"

"再过四到六天，气候会更舒服。"黑曜回应。

"所以，这就是你的家？"烁阳问道。

"嗯，"黑曜轻轻点了点头，"不过没什么特别的。"

"除了你的床？这天气实在让人心情有点沉闷。"烁阳略带玩笑地说。

黑曜沉默片刻，缓缓说道："其实，我是个孤儿。父母去世时我还很小。我不太清楚他们的具体遭遇，只是听普通的村民说，我父亲死于与树居族的战斗，而母亲则是在前往胜利石碑朝拜的途中，被滴落的岩浆击中，不幸身亡。"

"我可不是普通的村民，"一个沉稳而威严的声音忽然响起，"我是这里的首领。"

黑曜猛然回头，看见自己正面对着首领溪洄。

"你……你怎么会在这里？还有……熔炎？！"黑曜惊讶地问道。

首领溪洄年仅十二岁，却透着与年龄不符的沉稳与威严。她全身覆盖着深炭色的灰黑皮毛，唯有耳朵与尾巴呈现出栗红色。

与母亲形成鲜明对比，熔炎的毛色以栗红色为主，耳朵与尾巴则为灰黑色。

"我们是来做每周宣告的，"熔炎说道，"可整个村子却空无一狼……等等，那家伙是沙居族的吧？沙居族怎么会出现在我的领地？！"

71

"熔炎，别抢我的台词。"溪洄温和却坚定地制止了女儿，随即目光犀利地落在了烁阳身上，"说到这里，这个看起来像腐烂肉块一样的家伙怎么会在这里？"

　　"他不是沙居族的，他是半峡居族、半山居族，"黑曜连忙解释，"他是沟居族派来的信使，专门来给您传递消息的。"

　　"哦？那就让他说说看。"溪洄冷静地说道。

　　"呃……那个，如你所见……呃，很不幸……所以……"烁阳紧张得支支吾吾，终于说道："沙居族……沙居族抓走了一批无辜的熔居族。"

　　一说出口，他便懊悔不已：我这是在背叛自己的族群！可是，沙居族抓捕无辜者本来也不对……算了，话已经出口，无法收回了。

　　首领溪洄听到这话，顿时怒火中烧："他们为什么要掳走我们的人？！黑曜，你知道具体发生了什么吗？"

　　"我知道得很清楚，"黑曜严肃地点点头，"因为我就是被掳走的俘虏之一。当时我们所有狼都中了麻醉箭，被关进了一间巨大的牢房里。我和其他三只狼还被审问过，而审我的正是首领砂岩本人。我趁机攻击了他，并和另一只小狼联手，帮助其他熔居族成功逃脱了。"

　　溪洄和熔炎听完，忍不住倒吸了一口凉气："天啊……"

第六章

此刻，水居族、沟居族和雪居族的小狼崽们正踏足于雪居族的领地。自从与首领环礁碰面之后，他们便一致决定，不再靠近任何道路。

"这才对嘛。"冰晶轻声说道，语气中透着几分新奇，"你们也许会觉得我很荒唐，但我以前真的从没碰过雪。"

风殇和雷予听了这话，都不约而同地露出难以置信的神色。

"你说你从未碰过雪？"风殇诧异道，"连我这种从大陆另一端来的家伙，都见过不少雪呢。"

"我也是啊。"雷予点头附和。

"呃，我们现在是不是该赶紧逃跑了？"冰晶忽然压低声音嘟囔起来，"寒雹那家伙就在我们身后……"

　　"是'首领寒雹'。"一道冷冰冰的声音蓦然响起，带着不容置疑的威严。

　　雷予立刻警觉起来，四下环顾着："你……你是谁？"

　　"我就在你们身后。"那个声音阴沉地回答，"更何况，我拥有一个连最愚蠢的傻子都听过的称号。至于你——"他的目光落在冰晶身上，"作为雪居族的狼，你为何没有离开族地的通行徽章？"

　　"他是要带我去坐牢的。"风殇赶紧抢话道。尽管她心里清楚，这种谎话迟早会被拆穿。

　　雷予也立即配合："我是在路上遇到了冰晶。他需要协助把几名水居族的战俘送往峡居族的牢狱。"

　　"你们编得漏洞百出啊。"首领寒雹冷哼一声，"首先，幽谷首领麾下的士兵从不把战俘关押进牢里，而是直接扔进血之峡谷——这就是那个地方名字的由来。其次，所有被捕的狼，都该直接押送到我这里。倒要谢谢你们，自觉地送上门来了。另外，我可从未听过雪居族中有叫'冰晶'的家伙，我的任何一位将军也没有向我报告要去抓捕什么水居族的俘虏。最后，不论你们究竟是不是雪居族，今晚都得待在我的监牢里。带走！"

74

九名通体雪白的雪居族士兵迅速围了上来，牢牢地抓住小狼们的四肢，将他们拖进了三个隐藏于雪地里的便携牢笼。

　　"把这个吃了。"一名守卫冷漠地递给他们几片绿红相间、矛头般的纸状物。

　　小狼们犹豫片刻后，不情愿地吞了下去。紧接着，三名守卫狠狠地击中了他们的后脑。

　　风殇是最早苏醒的一个。她头痛欲裂，只觉得脑中像有条毒蛇正在肆意地翻滚。她困惑地环视着陌生的牢房，完全不记得自己是如何来到这里的。

　　牢房内摆着三张铺着兽皮的床，悬架于一处平台之上。风殇狠狠地一拳砸向身后的冰墙，却丝毫未能撼动分毫。她内心顿时凉了半截：如果连一丝裂痕都砸不出来，这冰墙的厚度恐怕远超自己想象。

　　雷予随后醒了过来，脑袋昏昏沉沉。他迷糊地想着，也许冰晶此刻正沉浸在所谓"家乡"的气候中。他的意识仍旧模糊不清，嘴里竟有一种含着毛发般的不适。他疑惑地用爪子擦拭嘴边，却摸不到任何东西。

　　"风殇，"雷予开口说道，"你觉得我们是不是被下了药？"

　　"很可能。"风殇回应道，"那张红绿相间的纸，怎么看都不正常。更何况它还长得像矛头，给人一种不祥的预感，再加上他们又狠狠地敲了我们的后脑……"

　　"可是，我总觉得嘴里好像含着动物的毛……"

75

"嗯……如果真的被药了，这种幻觉倒也正常。"

"他们为什么还要敲我们后脑呢？"

"可能是寒雹的守卫想确保我们彻底昏过去吧。"

"哇哦……"冰晶在朦胧中苏醒过来，"这里是家吗？既然是家，为什么我却在牢房里？"

"这得问她。"雷予随意地指了指风殇。

"喂！"风殇顿时不满地吼道，"我可是拼了命地在用脑子帮你们解围！要不是我急中生智地编出借口，你们早被寒雹扔进倒影峡湾冻成冰雕了！"

"吃的来了！"一个守卫不耐烦地喊了一声，随即打开牢门，随手丢进来一只北极熊幼崽。"接下来三天不会再给你们任何东西吃了。唉，要是能来点温热鲜美的企鹅血，那才叫享受呢。"

"真棒啊，"雷予讽刺道，"简直是一顿丰盛的大餐。"

"是吧？"冰晶也无奈地附和，"哎，我倒是怀念起那些水豚来了。"

"你居然对自己吃过的猎物产生了同情？"风殇饶有兴致地打趣道，"你的性格还真是特别。"

"我可一点都不喜欢水豚。"雷予插话道，"它们的毛……还有脸……还有耳朵……啧。"

"好了好了，"风殇赶紧打断了他，"我们都明白，你不喜欢啮齿类动物。"

"又见面了，小狼崽们。"首领寒雹的声音突然传来。小狼们吓了一跳，抬头发现寒雹已经站在牢房旁边。牢门半掩着，逃跑的本能促使冰晶率先冲向出口，却被寒雹用前腿轻松地拦了下来。

"啧啧，"他冷笑着低语，"我想和你们好好聊聊。"

"我能先问几个问题吗？"冰晶试探着开口，"我们什么时候能吃东西？我们究竟为什么被关押？还有，我们什么时候才能出去？"

首领寒雹微微一愣，这些问题竟然正是他准备告诉他们的内容。

"问得不错，"他掩饰着惊讶，冷淡地说道，"三天后的傍晚时分，你们会得到食物。至于你们为什么被关押——显然是因为你们的逃亡行为实在太可疑了。"他一边缓缓地踱步于牢房之中，这带有压迫感的举动让风殇不由自主地瑟瑟发抖。

"你们要么在这里服刑十年，要么就在服刑期间被痛苦地处死。"

"十年？"雷予发出哀嚎，"到那时我可能连小狼崽都有了——"

"当然，这十年是关在我这里。"首领寒雹毫不客气地打断了他，"不过，如果你们更想现在就去死，我

77

的守卫们倒是非常乐意带你们去狼群被处决的'好地方'。"

"求求你！一定还有别的办法能让我们出去吧！"冰晶突然情绪崩溃地喊道，"或者干脆杀了他们两个，让我给你当助手怎么样？"

"够了，"首领寒雹冷声道，"不过，这个建议倒是启发了我。或许，我得稍微'改动'一下……"

雷予心头猛然一沉，他预感到接下来发生的事情，可能比冰晶的那个疯狂想法更糟糕。

糟得多。

"早啊，你们这群笨蛋！"一个声音突然响起。

"啊？"冰晶还没完全清醒，愣了半天才发现是那个负责送食物的守卫。

风殇和雷予却早已醒了过来，看上去清醒了有半个多小时。

"向雪居族报道！"他们异口同声地说道。

"首领寒雹想要与你们私下谈谈，"守卫冷冷地说道，"还记得他之前提到要采纳那只雪居族狼的建议吗？"

"你当时也在场吗？"雷予挠了挠脑袋，一脸茫然。

"当然，不然我怎么可能站在这儿和你们说话呢，蠢货？"守卫毫不掩饰自己的不屑，"我是首领寒雹的贴身护卫之一。他手下共有二十八名护卫，每周轮流四人值班。现在，我要给你们戴上镣铐，寒峦会和我一起将你们带到竞技场去。"

"竞技场？"风殇疑惑地皱眉，"我怎么从来不知道雪居族还有什么竞技场？"

"山居族以前倒是有一座，但很早就被树居族一把火烧成灰烬了。"寒峦边为冰晶戴上镣铐边解释道，"这座竞技场是一年前开始修建的，三周前刚刚完工。你们是第十五、第十六和第十七个进入竞技场的狼，同时也是第二、第三和第四个进入竞技场的小狼崽。"

"那第一个进去的小狼崽呢？"冰晶好奇地问道。

"树居族的青栎曾在这里与沙居族的飘蓬决斗。他差点就赢了，可惜最后还是被飘蓬斩首。"寒峦稍作停顿，接着说道，"啊，我们到了！"

正如风殇所料，竞技场距离牢房并不远。

"嗯，能认识你们倒也不错。"寒峦说着，便和另一名守卫一起将三只小狼崽推进一间房间，"砰"的一声将门紧紧关上。

"我们又见面了，小狼崽们。"身后忽然传来了首领寒雹的声音，"我给你们二十秒的时间，仔细打量一下这个房间。计时开始——一、二、三……"

尽管在这么短的时间内看清所有东西几乎是不可能完成的任务，但对于风殇而言，这却并非难事。她迅速扫视四周，发现房间内共有七个小牢笼——五个排成一侧，两个在另一侧；天花板上悬挂着四支巨大的蜡烛；一只水居族的狼正对着她们；一座通往首领寒雹观战平台的梯子笔直向上延伸；房间角落里还有一扇厚重的门，她猜测战斗开始后，这扇门便会打开。

"十八，十九，二十，时间到。"首领寒雹冷冷地说道，"等第一只狼进去后，我再解释规则。对了，谁想第一个上？我对那只雪居族的小家伙很感兴趣。"

"不、不、不，千万别选我。"风殇连忙慌乱地摆着爪子。

"我来吧。"雷予果断地站了出来。

"你的名字？"首领寒雹发问道，"你是沟居族的，对吧？"

"雷予。"他镇定地回答，"没错，我是沟居族的。"

"很好，开门！"

风殇刚才注意到的那扇大门缓缓开启了。

"要是你撑不住，我们至少还能记住你。"冰晶调侃道，"不过，我还是希望你能活着回来。加油！"

雷予坚定地迈步走进竞技场，瞬间被四周震耳欲聋的欢呼声淹没。

他从未想过，自己的处境竟还能比此刻更加糟糕。

然而事实证明，这的确是可能的。

第七章

看台上的狼群数目之庞大，几乎令雷予当场晕厥。震耳欲聋的呐喊声如海浪般在四周回荡，每一只狼都在拼命为己方的胜利呐喊助威。

雷予的脑海中只浮现出一个词，足以形容眼前的斗场——巨大。这里或许聚集了上万只狼，甚至可能更多。斗场四周高墙密闭，中央战斗区上方悬挂着无数巨大的冰锥，似乎随时会因气温升高而坠落，将下面任何一只不幸的狼砸成碎片。而雷予头顶之上，正是首领寒霆所在的观战平台。那座平台几乎是场内唯一没有覆盖冰层的地方，数根巨大的支撑柱从斗场中央直通穹顶，牢牢稳固着整个平台。

"这样的话，这哪里还是'斗场'？"雷予心中暗忖，"这分明就是一座庞大的'竞技场'。"

"忠诚的雪居族！"首领寒雹高声宣布道，"还有我们山居族的伙伴们！附近的峡居族、伟大的沟居族以及宏伟的熔居族朋友们！欢迎大家来到今天的战斗现场！就在今天，我们将迎来第十五位战士——继青栎之后，第二位踏入此地作战的幼狼！"

观众席中顿时爆发出震天般的欢呼。

"这只沟居族狼是第一位在这场战争中坚定地选择与我们山居族并肩作战的勇士。他之所以沦为阶下囚，是因为在与我的一次对话中意图逃跑。在他被捕之前，还与一只雪居族以及一只水居族同行，据说日后他们也可能踏上这个战场。现在，让我们隆重欢迎——来自沟居族的雷予！"

看台上再次喧腾起来，掌声与欢呼声融成了一片浩瀚的声浪。

"接下来这位战士，是第六个踏上这座斗场的狼。他来自那令人厌恶的水居族。起初，他曾被怀疑为间谍，但在数周的审讯之后，我们发现他其实是一名被俘虏的信使，试图将情报传递给沙居族的首领砂岩。到目前为止，这位水居族战士的胜场数量是所有参战狼中最多的。其他狼的胜利或击杀记录都远不及他，或者早已阵亡。新来的观众们可能尚不清楚，他的名字早已刻上了胜利石碑，甚至可能就是这座斗场建造的起因。他已斩获五场胜利，让我们欢迎来自水居族的——旋影！"

旋影从斗场另一侧的小门缓缓走出。他似乎年纪不小，尽管身负五场胜利的荣誉，看上去却并没有传说中那般凶残可怖。他身上的毛皮由青绿、白色和深蓝三色交织而成，上面沾满了斑驳的血迹。看台上的狼群却发出阵阵嘘声，显然希望这位所谓"最危险的狼"尽早葬身于此。

雷予这时才猛然想起：旋影！这不正是那只杀死首领巅岭的水居族狼吗？

"现在宣布比赛规则，"首领寒雹继续道，"每位战士都需要沿着场地中间的六边形绕行四圈，先顺时针绕两圈，再逆时针绕两圈。绕行期间，你们必须时刻盯着对方的双眼，任何一方若移开视线，即视作战败，并立刻由我的士兵处决。绕圈结束后，抵达较短的停止线后，各自进入那半边的起始圆圈中待命。圆圈由起始线一分为二，分别属于你们。等我敲响身旁的钹时，战斗便正式开始。除了刚才提到的违规情况之外，你们必须战斗至其中一方死亡为止。战斗结果必须由我和另外两名士兵三方共同确认，一方确实阵亡才算结束。旋影、雷予，你们可有疑问？"

沟居族与水居族的两位战士都缓缓摇了摇头。

"很好，这是最后一次提醒。现在——开始绕场！"

83

雷予感到旋影散发出的压迫感极为强烈。他面对的可是成年的水居族狼，更何况对方还是曾经挑起战争的杀手。对于一个一周前还在四部族学院学习的幼狼来说，这几乎是难以承受的重压。然而，他依旧强迫自己镇定下来，紧紧盯着旋影的双眼。

　　经过长达十分钟的绕行与对视，两位战士终于回到了指定的停止线上。雷予努力模仿旋影这个前刺客的步伐，却始终难以跟上。

　　"慢慢来，小家伙，"旋影似笑非笑地说道，"其实你可以再慢一点。毕竟，这很可能是你生命中最后的时刻，好好享受吧。"

　　旋影的声音并无明显恶意，但雷予心中却十分清楚，这不过是旋影惯用的伎俩——让对手产生错觉，以为他只是无心被俘、不想害人。

　　"沟居族的雷予、水居族的旋影，看起来都准备就绪了，"首领寒雹宣布，"战士们，准备好了吗？"

　　旋影轻松地点头，而雷予则紧张地跟着点了点头。

　　"露出獠牙，亮出利爪……战斗开始！"

　　铛！钹声轰然响起，首领寒雹高喊："战斗开始！"

　　观众席顿时爆发出震耳欲聋的呼喊声。有些观众高喊着"刺——客！刺——客！"，但更多的却是在高声呼喊："雷——予！雷——予！"

雷予率先行动。他并没有直接扑向旋影，而是迅速向后退了几步，拉开了一些距离。

"所以，你这么个小家伙到底是怎么被抓住的？"旋影一副漫不经心的样子，语气里透着轻蔑。

"哦，那是因为——喂！"雷予突然惊呼道，"首领巅岭的鬼魂就在你身后！"

"什么？！"旋影一愣，下意识地转头。

趁着旋影分神的瞬间，雷予猛然扑了上去，狠狠地将旋影的头按在地上，紧接着迅速给了他头部重重一击，并在他身上划出一道长长的伤口。

天哪，如果是我，大概也会这么干吧。场边观战的风殇暗暗想到。不过我可没勇气真的下场拼命。啊，对了，我迟早也得参战。见鬼的死鱼。

另一边，首领溪洄带着烁阳和黑曜前往西南村。在那里，小狼们得到了食物和睡觉的地方。

"你为什么要袭击首领砂岩？"溪洄严肃地问道。

"其实我并没有真的'袭击'他……"黑曜犹豫了一下，不想暴露他的皮马托能力，"房间突然塌了，他被埋在里面，而我幸运地逃了出来。在那场混乱中，我帮一些熔居族狼逃离了砂岩的领地。后来我们在外面建立了一个临时营地，可是沙居族后来还是找到了我们。我并不清楚他们现在怎么样了。"

"也就是说，你根本不关心同族的生死？"熔炎带着不满质问道。

"当时有个信使需要有人带他去熔居族领地。"黑曜解释道，"在淄娜，没有地图的话，是很难找到正确路线的。"

"我可以理解你的立场，"首领溪涧点了点头，继续问道，"但他为什么偏偏要选你带路呢？"

"我信任每个幼狼同伴，"烁阳漫不经心地插话道，目光扫过首领溪涧的主巢。

溪涧的主巢设计风格深受已故首领巅岭影响，但光线更为昏暗，且增添了许多令熔居族感到亲切的装饰。大厅内悬挂着许多枝形吊灯，上面的火焰闪烁着深红色的光。与巅岭生前只有三名守卫不同，这里每个入口处都驻守了十多名卫兵，内部还有更多的警备力量。通向各个主要走廊的柱子上，都插着燃烧着深红色火焰的火把。墙壁上则悬挂着历代首领的肖像，从首领溪涧一直追溯到淄娜第五任皮马托、熔居族创始者首领炎流。

三狼步入了用餐厅，这里已经摆放着沟居族与峡居族常吃的食物。但由于烁阳并不属于这两个部族，他一口拒绝了溪涧仆从端上来的餐点。

"不用了，我平时不吃沟居族或峡居族的食物，"烁阳对仆从说道，"我住在山居族的领地，更习惯沙居族的口味。"

"哈，我就知道你是沙居族的，"熔炎不屑地笑了一声，"你还硬说自己住在山居族领地？"

烁阳淡淡地点了点头，似乎完全不在意熔炎的讥讽。

"行吧。烈焰，从粮仓里取一只羊、一头小牛，还有两只羔羊过来！"溪洄吩咐道。

"你们通常都这样款待信使吗？"烁阳好奇地问。

"若对方带来的消息足够重要，就会这么做，"首领溪洄解释道，"不过要是只是告诉我'某个峡居族狼在沟居族与树居族边界上死了，真是可怜啊'之类的小事，我通常会直接打发他们离开。即使是重大消息，我也不会每次都如此隆重。一般会让信使住在领地东侧的拜访小屋一晚，第二天一早便让他们离开。"

就在这时，真正的信使铜辉突然冲进了用餐厅。

"首领溪洄！"铜辉急切地喊道，"我带来了一条重要情报！"

怎么又来了个信使？溪洄心中暗暗嘀咕，至少这次铜辉是真的，比那个所谓"双部族幼崽"靠谱多了。

"讲吧，有什么消息？"熔炎直接问道。

"据可靠情报，首领寒霆已囚禁了三只幼狼，其中一只现在正在他们新建的斗场内参加战斗，那斗场三周前刚刚完工。另外还有消息称，沙居族计划五天后袭击西南村，他们不会留下任何俘虏——要么杀敌，要么被杀。

87

我建议您立刻调动一半军力来防卫这里，另一半则进入沙居族领地，协助那些仍然滞留在沙居族境内的熔居族成员。"

"辛苦了，铜辉，"溪洄回应道，"我会好好考虑。不过，我觉得我们可能还需要增援——"

"增援？"熔炎疑惑地问母亲，"从哪里调兵？"

"嗯，现在雪居族和树居族正在交战，沟居族和他们的关系也不佳，而山居族更是抽不出兵力，他们几乎将全部军力都用于抵抗水居族了。这样看来，就只剩下峡居族。他们的军队规模虽小，但特种部队的战斗力绝不可低估。而且，我们还可以达成双赢的合作：邀请他们协助攻击沙居族，事后我们分出部分领地给他们，让他们能够打通与沟居族之间的补给路线。他们便可以借助沟居族曾经的溪谷隘口穿越星辰山脉。"

"看样子旋影倒下了！"首领寒霾高声宣布，"但雷予仅仅是在他的后脑勺上打了一下而已！来看看旋影还能不能爬起来吧！"

一分钟过去了，旋影毫无反应。两分钟过去了，仍然一动不动。直到二十分钟后，旋影才勉强撑起身体，看上去状态非常糟糕。

"看啊，那只水居族的家伙终于爬起来了！"首领寒霾再次喊道。

观众席顿时嘘声四起："连企鹅都比他爬得快！""少睡觉，多撕咬！""嘘——""你是怎么活到这么大的年纪的？！"

"胆小鬼……"旋影在心底愤怒地咒骂道，"就让我让你们见识一下当年我是如何杀死首领巅岭的吧！"

他猛地跳起，四爪蜷缩成拳状，将整只狼的身体缩成一个球状，朝着他所认定的雷予所在的位置猛扑过去。

然而，迎接他的却是雷予迎面而来的一记重击。

"不可能！"旋影满心震惊地想着，"他不过是个被偶然抓住的小幼崽，刚才的几次攻击肯定只是碰巧而已！"

"首领寒雹！"旋影抬头朝上方喊道，"我认输！绝不可能这样！不如让我直接死了算了！这一定只是一场噩梦！"

旋影原本以为首领寒雹会从头顶平台上给出回应，雷予也心生困惑地抬头望去。

但此时，观战平台上的首领寒雹却已经不见了踪影。

第八章

　　雷予望向那个高台，心中升起一丝疑惑："他究竟去了哪里？"

　　风殇与冰晶几乎同时将目光投向右侧，那是一架通往首领寒雹高台的梯子。一种难以抑制的冲动油然而生，他们想要攀爬上去，伪装成雪居族或水居族中的重要人物。

　　"各位注意！"一只峡居族的狼高声喊道。

　　声音来自体育场上层的一间房间，那些房间通常都是预留给军队指挥官或将领等重要人物的。

　　"我知道眼下的情况让你们很多狼都很困惑。我是幽谷，峡居族的首领。我们峡居族与雪居族关系密切，因此我和你们一样，对首领寒雹的失踪感到不解。既然此刻无人知晓他的下落，我将暂时接管竞技场内的一切事务。"

"我们不服！"一只雪居族的狼愤怒地喊道，"你不是我们的首领！只要寒雹首领还活着，就轮不到你在这里发号施令！"

群狼纷纷附和，怒吼声四起："没错，给我滚下来！"不仅雪居族如此，沟居族、山居族和熔居族的狼也群情激愤，齐声呼喊着，试图迫使幽谷首领离开竞技场。唯独峡居族的狼们依然忠诚于自己的首领，冷静地站在场中，未参与那一片高喊着要"驱逐幽谷首领、永不踏入雪居族领地"的声浪。

就在局势混乱不堪之际，一只看似地位不低的雪居族狼突然闯进场中。他环顾一圈后，将目光投向雷予和旋影，示意他们可以退出战斗了。

"各位注意！"他高喊道。与幽谷不同的是，所有狼立刻安静下来，将目光集中到他身上，整个狼群仿佛都舒了一口气。

"那一定是寒峦！"冰晶心中暗道，"他的徽章看起来非同一般，我从未料到他的军衔竟然如此之高。可是，他为什么要带着小狼崽们去送死呢？"

"我是雪居族军队四大指挥官之一，寒峦。"那只狼解释道，"首领寒雹的幼崽飓风目前正在与山居族处理某些事务。如果飓风无法及时归来，或是首领寒雹的去向持续不明，我将暂时接管雪居族。我现在下达第一道命令：所有非雪居族的狼，包括你，幽谷，立刻离开竞技场！"

大约十五分钟之后，非雪居族的狼已全部离去。场内只剩下雷予、风殇和冰晶——如果寒雹首领还在这里，他们口中的"雪居族叛徒"恐怕早已被赶出去了。

"接下来，我将派出六支特种分队中的两支前往湍娜各处寻找首领寒雹的踪迹。同时，第六支经验尚浅的分队将留在雪居族领地内搜寻。他们拥有逮捕和审问任何可疑狼的权力。"寒峦继续说道。

"我们可是来打仗的，不是来听议会演讲的。"风殇不满地低声嘟囔。

雷予推开门，看到另外两只小狼崽瞪大眼睛望着他。

"这一招确实巧妙。"风殇承认，"连我都未必能想到。"

"我只是想起杉暮曾讲过首领巅岭的遇害经过。"雷予说道，"杉暮还曾在另一堂课上提到，有只水居族狼名叫旋影，是他杀了巅岭。我注意到人群中有狼喊'刺——客！刺——客！'我立刻猜到这是同一只狼，就是多年前刺杀山居族首领的那只狼，而非后来恰好同名的小狼崽。旋影一定还记得自己杀死巅岭后引发的那场战争，因此我才决定利用他的记忆来对付他。"

"可是旋影为何还活着？"冰晶疑惑道，"那场刺杀发生在三十六年前，如果他当时已有小崽子，恐怕现在连他的孙辈都已经成年了吧？"

"首先，他的同伙蜂影的确死了，而且死得很惨。据说是一只沟居族狼发现了蜂影，残忍地将她撕成无数碎片，一部分被埋入地下，一部分扔进海洋，还有一部分甚至被抛进了创造火山中。"风殇缓缓说道，"至于旋影，据说后来他找了一只走投无路的树居族皮马托，为自己施下延寿五十年的咒语，随后又无情地杀了那只皮马托。然而，他不知道的是，那竟然是世界上已知的最后一只树居族皮马托。"

两个小狼崽听得沉默不语，冰晶的脸上浮现出忧虑之色。

"我们可是在冰冷的雪居族地牢里，不是在温暖的篝火旁讲恐怖故事啊。"冰晶叹了口气说道。

这时，寒峦结束了他的讲话："……所以，我将派遣三支分队前往雪居族领地以及淄娜各地搜寻首领寒雹的踪迹。竞技场解散！"

狼群随即从三个出口有序地退场。很快，场内只剩下寒峦——他正准备离开，还有雷予、风殇和冰晶三只小狼崽。

"我们跟着他吧，"雷予轻声提议，朝指挥官的方向微微示意了一下，"或许能找到逃走的机会。"

"主意不错，"冰晶赞同地点点头，"要不让我来带路？我可是跟踪的行家。我曾经暗中盯梢首领寒雹可不止一两次，而是整整四次呢！"

他们小心翼翼地爬上梯子，由冰晶打头阵，看到寒峦打开了高台后面的一道暗门，幸运的是他没有及时关门，三只小狼崽趁机快速钻了进去。

"能告诉我，我们为什么不直接走正门吗？"风殇低声问道。

"因为我们可不想自投罗网啊，"雷予回答。

进门后，三只小狼崽决定先找个房间短暂休息片刻。

"我在当间谍时常用一个秘诀，"冰晶突然说道，"我称它为AATUL，意思是'Avoid All Those Ujanka Leaves（远离所有乌詹卡叶）'。如果没有这个口诀提醒，我恐怕早已不知不觉闯入五个王座厅，被当场处决了。哦，前面似乎有一个通往雪原的出口，我们赶快过去！"

三只小狼崽立刻向冰晶所指的出口奔去，动作迅速而轻盈。他们知道，越是耽搁，就越容易被人发现。即使有人注意到了他们，也需要片刻的犹豫，而那时他们早已跑得无影无踪了。

雷予、冰晶与风殇奋力奔跑，仿佛没有任何力量能阻挡他们。他们很快便摆脱了那阴森的场所，甚至开始幻想着一路逃回沟居族领地。

然而，一头巨大的北极熊却突然挡住了他们的去路。

这头熊体型庞大，是三只小狼崽体积的三倍不止。它发出震耳欲聋的咆哮，疯狂地围着他们跑了一圈，随后猛地停了下来。

"多谢你了，冰冠。"寒峦从熊身后缓缓现身，让北极熊回到它的笼子里，随后将目光锐利地投向三只小狼崽。

"沟居族的雷予，还有你们两个小家伙，现在你们已经无路可逃了。"

黑曜和烁阳正疑惑着首领溪洄是如何得知各个部族的最新状况。

"溪洄首领，你怎么会知道湍娜各个部族最近的情况？"烁阳忍不住问道。

"我是熔居族的首领，"溪洄轻声道，"掌控情报是我的职责。"

"你刚刚说的每周通告，到底是什么内容啊？"黑曜好奇地继续追问。

"这周我要通报的消息是：有一个部族正在大规模绑架其他部族的狼，"溪洄回答道，"但这次绑架者不是沙居族，而是与水居族同盟的某个部族——虽然我们还无法确定是水居族还是树居族所为。我担心这些神秘势力会将目标转向我们熔居族。既然现在我们已经知道西南村整村消失，我不得不采取极端措施，保护火山村以及我们现在的村庄。"

熔炎不想继续这个沉重的话题，主动说道："黑曜，你和那位信使今天耗费了不少精力，赶快去休息吧。我和母亲今晚会讨论一下军队的部署问题。"

"呃……熔炎，你平常空闲时会做些什么？"烁阳试图转移话题。

"哦，那可多了！"熔炎微笑着回答，"我会写作战报告、管理财库、总结议会巢的会议内容、核对粮食和水源的储备情况，当然，还有我刚刚提到的分配军队——这些只是我日常工作的一小部分而已。"

"'一小部分'……"黑曜心中暗想，"恐怕这些早已成了她每日的常规，哪里是空闲时候才做的事。"

"好了，小狼崽们，晚安吧，"溪洄说道，"不过在你们去睡之前，信使，我需要记录你的名字，以便将你加入我的信使名单。"

烁阳心中顿时紧张起来，他拼命想着一个合适的假名："快想啊，烁阳，要编一个听起来像峡居族或者沟居族的名字！阳光充足的地方，峡居族、沙居族？管不了那么多了，赶快想！"

最终，他选择了一个名字："溪谷。"

"溪谷……"溪洄重复了一遍，"等等，这不就是首领幽峡幼崽的名字吗？"

"不是的，我和首领幽峡没有血缘关系。"烁阳装出受了侮辱的神情，强调道，"我只是他手下的一名普通信使而已。这个名字在我们族里本来就很常见。"

"让我确认一下，"熔炎好奇地插话，"是你先叫'溪谷'，族内其他狼才跟着用，还是族里本来就有'溪谷'这个名字，你后来才采用的？"

"其实，我们队伍是沟居族最大的队伍之一，"烁阳继续编道，"首领幽峡当初给他的幼崽取名时，一时找不到合适的名字，便在我们这里寻找灵感，所以才用了'溪谷'这个名字。"

"好了，别再纠结名字了，"溪洄有些不耐烦地说，"我要给熔炎讲述每个月一次的故事。溪谷、黑曜，你们想一起听吗？"

"'每月'、'每周'……他可真是执着啊，"黑曜心里嘀咕着，却还是耸耸肩道，"好吧，我听听也行。"烁阳也默默地点了点头。

"很好。这个月的故事叫'宁静之石'。三个月前我给熔炎讲了第一部分，内容涉及已经灭族的影施族和他们的一位皮马托。这位皮马托拥有强大的魔法，可以让自己或其他物体漂浮，还能从爪子中释放能量波，或者赋予物体魔力。'宁静之石'中，这位皮马托在一块类似石碑的石头上刻下了九道痕迹，并施加了魔法。在影施族被迫躲藏之前，她将这块石头藏在一丛灌木中。这就是第一部分的大致内容。讲述第二部分之前，我得先去拿点东西。"

雷予环视四周，这次可没有所谓的二十秒限制了。然而，映入眼帘的是无数的士兵——士兵，士兵，还是士兵。

"嘘，雷予，"风殇压低了声音，"那边有条通道，能直接通往竞技场外面。我已经通知冰晶了。"

他们视线所及的确有一条通道，但对于想从密密麻麻的雪居族士兵中逃脱的三只小狼崽而言，那条通道看起来似乎有点过于狭窄了。

"所以，我建议你们跟我们回去。"寒峦语带威胁地说道。他仿佛学着首领寒雹的样子，不紧不慢地围着他们踱步，"与其进行一对一的普通对决，不如让竞技场里剩下的所有生还者一起上，对付你们三个，怎么样？"

"或者干脆零对零吧，我们直接逃走？"雷予大胆地提出，"拜拜了，你们这些烂肉——"

风殇和冰晶一听到雷予的信号，立刻会意，猛然冲向士兵们，将他们撞开一个缺口，拼尽全力向远处狂奔。

"我们现在该去哪儿？"冰晶边跑边小声问道，"我才不要回熔居族呢，那里的气候实在太难受了。不如我们去我在树居族领地的秘密藏身处吧？"

"听起来不错，"其他两只小狼崽赞同道。

"不过那里距离这里还有好几英里远，"风殇提醒说，"以我们现在的速度，就算全力奔跑，恐怕也跑不到四分之一的路程。"

"唉，没错，"冰晶无奈地承认，"至少我们先跑到树居族领地的边缘再说吧。不多想了，加快速度！"

他们终于甩开了追兵，决定在一块写着"进入树居族领地"的木牌旁稍作休息。风殇气喘吁吁地瘫倒在雪地上，只剩下冰晶和雷予勉强站着。

"雷予，如果今晚你或者我其中一个死了，我有句话想告诉你。"冰晶突然说道。

"我洗耳恭听。"雷予柔和地回应。

"你可能是我现在最好的朋友了，甚至比几天前差点攻击你的那个树居族狼还好得多。我为之前的事向你道歉。"冰晶与雷予相视一笑，继续说道，"我之所以觉得你和风殇是我最好的朋友，是因为我以前从未真正拥有过朋友。那个叫青子的树居族狼，当我告诉她要与你们去寻找宁静之石时，她竟然嘲笑了我。真正的朋友即便觉得你傻，也会支持你，绝不会嘲笑你。我虽然不确定你们是否会一直这样，但至少我们一直在相互帮助、提供救命的主意。如果没有彼此，我们可能早就死在逃离首领环礁的途中。你之前用旋影的记忆扰乱他真是绝妙，让首领寒霆难堪的举动也同样厉害。青子这只狼虽不错，但不太适合做真正的朋友。而你们却一直对我很好。所以，如果我们真的死在前往我藏身处的路上，我一定要告诉你一件事。"

　　"那就快说吧，士兵们随时可能追上来！"雷予催促道。

　　"其实我能……"冰晶犹豫了一下，终于鼓起勇气，"我能读心。"

第九章

　　雷予不禁笑出了声："哈！读心术？竟然是用来结束生命的妙招！这可真是太有趣了！"

　　"安静！"冰晶冷冷地喝道，"这可不是玩笑，我的确能看透你的想法。"

　　"既然如此，"雷予半信半疑地问道，"那你倒是说说看，我现在心里在想些什么？"

　　"嗯……"冰晶稍作停顿，缓缓说道，"你此刻正在沟居族的领地里，身旁还有一只你称之为'母亲'的狼相伴，而你正在沉睡之中。"

　　雷予愣了一下："呃……看来你还真有些读心术的本事。那么现在呢？"

"现在可要复杂百万倍了。"冰晶语气微妙地说道，"你是峡居族的首领，却偏偏用了水居族的名字'海雀'。此刻的你，正处在首领巅峰的主巢，拜访沙居族的首领。你所在的主巢位于首领巅岭的主巢以南5.93英里，距离首领云栅的主巢以东3.27英里。这一幕发生的时间是在眼前这场战争结束后的3,966,421年，而战争本身，则将在999,073,460,009,785,677,829个千年后才真正终结。换句话说，你现在脑海里的景象，是3,966,421年后的未来；而那场战争，远比这景象更加遥远。你眼前，雪居族与熔居族的狼纷纷向你臣服，高喊着'向平民海雀致敬！'等等，画面又变了——在主巢内，你和沙居族的首领巅岭会面，竟发现了一具名为'风殇'的树居族狼的尸体。你们随即签署了一份和平条约，这份条约允许你进入一颗名为'詹多夫'的星球。那星球其实只是一片荒芜泥土，别无他物。不过，你需要先杀掉一只羊才能进入。就在此时，一头骨瘦如柴的牛拖着残破的身躯，艰难地爬上了你签字用的白色桌面，然后凄然死去。接着一只羊缓缓走进，你毫不犹豫地杀了它，所有人都因此欢呼雀跃。然而就在此刻，扬起的沙土迷了你的眼睛，你抬头望向阴云密布的天空，却赫然从云层的缝隙中看到一颗巨大的小行星。风殇告诉你，那正是詹多夫！詹多夫以惊人的速度朝着湍娜袭来，撞击地面的一瞬间，所有生灵瞬间化为乌有。"

"这样一来，一切便盖棺定论了。"冰晶长舒一口气，"说完这些我也累了，你也一定觉得头晕脑胀吧。去河边喝点水放松一下如何？"

"现在你总该明白我的意思了吧？"冰晶边走向不远处的小溪，边说道，"你在我最疲惫的时候劝我喝点水，这对我来说可不是侮辱。换作青子，她才不会这么体贴，她只会微微一笑，跟我道个别，然后自顾自地离开。算了，不说这些了，咱们先休息一下吧。"

第二天清晨，三只幼狼起身准备出发。冰晶决定暂时不告诉风殇自己拥有读心术，心想着日后再找机会坦白。

"我猜那些雪居族已经放弃追捕我们了，"雷予伸着懒腰说道，"我们整整八个小时都很平静。我知道雪居族军队里有个指挥官寒峦一直想重新抓回我们，但他们一定也很疲惫了，大概没精力再追击了吧。"

"胡说！"风殇厉声打断他，"我们仍然处境危险。首先，他们是雪居族军队，领地在整个淄娜各部族中面积数一数二，仅次于水居族和海葵群岛。其次，你知道特种部队里有三支正在寻找首领寒雹吧？据说指挥官寒峦掌控着整个雪居族军队四分之一的兵力，还有第四特种分队！昨天追捕我们的，只不过是寒峦麾下一半的兵力罢了！最重要的是——首领环礁就在你身后！"

首领环礁推开了挡在前面的沟居族和雪居族的狼，盯着风殇，轻笑一声："你的脑子倒是很灵光，要不要当我的助手啊？"

"你不是曾经说过不需要任何助手吗？"风殇咬紧牙齿说道。

"不会吧，风殇真的这么说过？"冰晶好奇地问雷予。

"她平时可不会这样说话。虽然她聪明过人，但一点也不勇敢，现在看来她是真的生气了。"雷予小声解释。

风殇低声咆哮着，爪子狠狠挖进泥土，翻起片片泥块。

"或许我应该当场处决了你。"环礁语气冰冷。

风殇吓得语无伦次起来："艾尔索姆……伊奥姆帕玛！布拉玛特里斯基！洛皮梅尔赫穆……阿沃耶夫！普拉特玛莫！塔洛埃……莫克玛佩科贝！克洛托……皮尼奥纳布！"

"其实，我现在有些后悔刚才的提议。"环礁一本正经地说道，"你想想看，我可是水居族的首领环礁，是首领清泉与星渚的第三个孩子、第一个女儿，是水居族军队的最高统帅，也是山居族、树居族和沟居族和平缔造者的孙女。我竟然会考虑收一个连话都说不清楚的仆人？"

"你究竟有多少个头衔？"雷予忍不住问道。

104

"问得好！"首领环礁得意地扬起头，"大概有七十二个吧，不过父亲告诉我，可能有八百六十一个。"

"狼怎么可能有那么多头衔？"风殇低声嘀咕，"如果你父亲告诉你，你是七百八十九个水分子的守护者，我倒是还能理解，可是八百多个……"

"瞧瞧，你还是挺聪明的嘛！"环礁轻快地说道，"你甚至能立刻算出八百六十一减去七十二是多少！这可是连我们部族里最博学的水居族也未必能轻松算出来的题目。顺便一提，我们族里一只普通的五岁幼狼，恐怕都比沟居族里最年长、最博学、最智慧的狼更懂得世事，对吧？"

"呃，其实我半辈子都在四部族学院度过，"雷予辩解道，"那里可是整片大陆最优秀的学院之一。"

"'最优秀的学院之一'？"环礁眨了眨她湛蓝的眼睛，语气透着几分戏谑，"不知前任树居族首领雪岭若知道他的一只幼狼被我杀了，会作何感想？等等，谁在戳我？马上住手！"

"事实上，前任树居族首领雪岭现在就站在这里。"一个平静的声音响起。

"竟然是你！"首领环礁怒吼道。

只见雪岭从一棵巨大的枫树后面缓缓走了出来，他刚才便是藏在那里说话的。

"雪岭，你到这里干什么？"风殇惊讶地问道。

"我只是想看看林木过得怎样，"雪岭平静地答道，"我已经一年半没有见过他了。"

　　"那么学院现在由谁在管理？"雷予充满好奇地问。

　　"学院自有它运转的规律，"雪岭答道，"即便前任首领狼海棠没有担任院长，我也不认为学院会因此垮掉。"

　　"太好了，现在我可以一次性处决四只狼了。"首领环礁语气冰冷。

　　"不好意思，现在恐怕不行了。"冰晶话音刚落，整只狼影便突然消失在了地面中。雪岭与另外两只幼狼也随即跟着钻入了地下。

　　他们落到地下后，雷予环顾四周，一脸困惑。映入眼帘的是左侧架子上堆满的浆果和松鼠猴，右边则是一张与之前冰晶藏身处一模一样的、由蕨类和苔藓铺成的床。风殇也满脸诧异地四处张望。

　　紧接着，他听到了各种各样的声响，其中最明显的是冰晶在大口嚼着松鼠猴的声音，其次便是那只首领狼沉重地踩踏着地面的脚步声。

　　"你从没告诉过我你还有另一个藏身处啊。"雷予惊讶地说道。

　　"我在树居族的领地里建了好几个地堡，"冰晶解释道，"光树林里就有十个，其他部族领地里也至少各有一个。"

"那我们干嘛不直接去雪居族的那个？"风殇疑惑地问。

"那个藏身处离角斗场太远了，大概位于倒影峡湾以东好几英里的地方。"

"雪居族那里，首领寒雹的营地确实就在峡湾以东，"雪岭提醒道，接着又问道，"对了，你叫什么名字？"

"我不想让我们太过惹人注目，"冰晶低声说道，"我叫冰晶。"

"安全起见，我们还是在这里躲一天吧。"风殇提议。

"风殇，别担心啦，还能有什么大问题呢？"雷予轻松地说道。

"我最不喜欢听'还能有什么大问题'这种话，"风殇认真地说道，"毕竟那些最危险的狼——比如旋影和首领环礁——可不是几头容易宰杀的牛啊。"

"你说话方式倒是挺有趣的。"雪岭微笑着补充道。

"只要你在去找林木的路上没有碰到水居族的狼，你应该是安全的。"风殇安慰道。

"万一真的遇到水居族的狼，该怎么办？"雪岭问。

"你只要表明自己是树居族首领的父亲，大多数狼都会敬重你的身份。如果真的碰到一个直接攻击你的狼，那你就迅速躲进最近的房子或巢穴里。树居族通常不介意外族的狼暂时躲到他们家里。"

"看来你该启程了。"冰晶带着雪岭走向一架梯子，"和你聊天很愉快，雪岭，希望我们还能再见。"

目送雪岭离开后，冰晶转头对其他幼狼说道："好了，他已经走了。现在我们也该去找些符合条件、能够和我们一起去寻找石头的幼狼了。"

"现在就要出发吗？"风殇问。

"要完成一个预言，什么时候出发都不算早。"雷予坚定地答道。

首领溪洞从房间入口处缓缓走出，手里拿着一块石头。那石头表面十分光滑，仅在底部有几道不甚尖锐的凸起。石头上隐约刻着类似字母"y"的痕迹，让烁阳看得一清二楚。

"这是宁静之石的一部分，"首领溪洞解释道，"具体来说，是石头右下角的一小片。这是我们部族仅存的两件皮马托法物之一，另一件则是胜利石碑。它们都是皮马托亲手赠予的，据说如果影施族某一天彻底灭亡，这块石头将成为他们唯一的遗物。结果，他们真的灭亡了。而现在，溪谷，你是我们部族之外第一个看到这块石头的狼。黑曜，你则是第二个不是首领直系血亲而得见它的狼。溪谷，我相信你身为使者能保守秘密。黑曜，你也能知道，但你只能告诉你自己、我，或者熔炎。"

"这就是所谓的第二部分吗？"他们异口同声地问道。

"别急，孩子们，"首领溪洄轻声道，"影施族在灭亡前曾居住在一个叫托伦托的大陆上。我们至今无法确定那里是否真实存在，也不清楚他们具体生活的位置，不过有一些推测。我个人猜测他们可能居住在山居族领地下方约一百英尺深的地方。另外一种猜测认为托伦托位于东北迷雾之后，但十年前迷雾消散后，那儿只剩下一望无际的大海，因此这种可能性已被排除了。"

"所以'第二部分'就是托伦托和它可能的位置？"烁阳略显失望地叹了口气。

"差不多就是这样。"首领溪洄轻轻点头。

"母亲，我可以去寻找那块石头吗？"熔炎突然问道。

首领溪洄顿时哑然，仿佛被水呛了一般。她本想给女儿一些自由空间，但女儿此时竟想着冒险闯荡滞娜，甚至可能面临生命危险，这让她如何安心？

"但我确实该给她些自由。"溪洄内心挣扎一番，最终还是松了口，"好吧，我允许你去。不过，溪谷和黑曜可以陪你一起去吗？"

另外两只幼狼立刻兴奋地点头。

"太好了。那你们打算怎样寻找其他三只幼狼呢？"溪洄问道。

"我感觉树居族的领地里可能会有一只雪居族、一只水居族和一只沟居族的幼狼，"熔炎回答，"我们就先去那边看看吧。"

"我唯一的请求，就是希望你们能带回持久和平，继承皮马托的力量，并利用它为大家带来一些魔术表演。孩子们，后会有期！"

三只幼狼离开了房间，走出了主巢，踏上了前往树居族领地的东南方向的旅途。

"在你所有的预见中，我们成功的可能性有多少？"黑曜压低声音问熔炎。

"嗯……让我仔细看看。"熔炎歪着头，双眼颜色从暗红色逐渐转为紫色——这是她运用异能时的标志。"在3,966,421种可能性中，只有三种我们能够成功。"

"你能告诉我具体是哪三种吗？"黑曜继续小声追问，尽量不让烁阳听见。

"如果我把它们用语言描述出来，这些未来就不会实现了。"熔炎低声说道。

"那你只告诉我其中一个吧。"黑曜轻声央求。

"好吧，其中一个是这样的：你和溪谷都会死去，但死因却很模糊。临终之前，溪谷告诉你，他的名字是假的，他真正的名字其实和你一样。而你对此浑然不觉，不知道死神已然近在咫尺。至于我，跟你们不同，我察觉到了危险，及时逃脱。之后我又花费整整一个月，终于找到了那块石头。当我站到它面前时，石头会崩裂成无数碎片，让宁静之力扩散到整个湍娜。最终，只剩下一块碎片，上面刻着'tranquility'的字样。它似乎融入了我的身体，我立刻感受到血液快速流动。然后，画面就到此为止了。"

"这里看起来不错，很适合休息。"烁阳此时忽然说道。这里是一道颇深的沟渠，正位于熔居族与树居族领地的交界处。

"啊，没错！"黑曜兴奋地说道，"今天经历了太多冒险，现在终于可以好好休息一下了。我感觉我现在立刻就能睡着……"

他话音未落，身子便一歪，直接滑进了沟渠之中。剩下的两只幼狼见状，忍不住咯咯笑了起来，随后也纷纷躺下来沉沉睡去。

第二天清晨，三只幼狼继续启程，进入了树居族的领地。正如熔炎的预感一般，一只沟居族的幼狼、一只水居族的幼狼，以及一只雪居族的幼狼恰巧从他们身边经过。熔炎心中好奇，她的直觉告诉她，这三只幼狼将与他们碰面，一起寻找宁静之石。然而，事实真会如此顺利吗？

那只沟居族的幼狼率先开口道："喂，你们听说过宁静之石吗？"

烁阳顿时停下脚步："当然知道，其实我们所有人都知道。"

"那你们也打算去寻找吗？"水居族的幼狼问道，"我们正准备去呢。"

"没错，"黑曜抢先答道，"我们也正有此意。"

"要不要一起行动呢？"雪居族的幼狼提议道，"我们六只幼狼组队，刚刚好。"

"当然乐意！"他们异口同声地回答。

"我现在还有点懵，"黑曜小声嘟囔，"我们究竟答应了什么？"

"我们答应的是一件大事，"熔炎轻声说道，"一件很了不起的事，对我们，对所有的狼，都有极大意义的事。我们要去寻找……"

所有幼狼齐声说道："宁静之石。"

第二部：宁静之幼

第十章

一个月后……

六只幼崽——沟居族的雷予、水居族的风殇、雪居族的冰晶、熔居族的熔炎与黑曜，以及沙居族的烁阳——正漫无目的地在湍娜境内徘徊。唯有雷予心里明白，在过去的五周里，他们一直在原地打转，就像一只蜗牛绕着自己的壳缓缓地画出一道螺旋，而这道螺旋的终点，正是熔居族的领地。

烁阳早已向熔炎坦白，自己并非名为"溪谷"的沟居族与峡居族的混血幼崽，而是真正的沙居族，名为烁

115

阳。之前编造那个名字和族群的身份，只是为了能堂而皇之地留在首领溪洄的主巢中，不被赶走。

一路上，这些幼崽总是不厌其烦地翻找每一丛灌木，场面令人既忍俊不禁又略感无奈。他们甚至曾在雪居族的领地上怀疑过一丛孤零零的灌木——那个地方方圆二十里内，根本再无其他植物的踪迹。然而遗憾的是，那丛灌木里并未藏着所谓的"宁静之石"。相较而言，在水居族和沟居族的领地，他们每走十步就会碰上一片茂密的灌木丛，寻找的过程令人头痛不已。

旅途中，这些幼崽险些多次落入绑架者之手。除了烁阳，其他幼崽都曾经被狼群囚禁过。那些狼似乎企图永久地将他们囚禁起来，或者还想做出更恶劣的事。

他们在名为佐多莱的峡居族城市短暂停留。这座城市的名字，在峡居族某种方言中意为"团结"。

尽管峡居族整体规模并不庞大，却是整个湍娜境内最稳定的族群之一，甚至可以说是绝无仅有的稳定。他们并没有家族世袭的首领，而是每隔七年通过投票重新推举出新的领袖，任何一只狼都有参选的机会。峡居族的领地被划分成十一省，每个省份都有自己的小型治理机构，而各种方言也在境内分布得相当均匀。

每只幼崽对如何休息放松有着截然不同的想法。黑曜和冰晶只想舒舒服服地睡一觉；熔炎则一心惦记着那家闻名大陆的自助餐馆，那里有一道名为"八合一餐"的奇特菜品，据说是将部族里最受欢迎的八种食物完美融合，风味独特至极。雷予和烁阳却跃跃欲试，想去血之峡谷玩一次惊险刺激的"峡谷跳跃"。但烁阳刚刚才把"跳跃"两个字说出口，风殇便立刻否决了这个危险的想法，坚称他们此行的目的是放松。于是，她建议大家去探索一下那个传说中真实存在的"西北迷雾外围"。

"我们还是想个折中的办法吧。"熔炎终于开口道。

"要不干脆各干各的，四天后在南门口汇合。"冰晶提议道。

"不行！"风殇斩钉截铁地反对，"我们绝对不会去做你们任何一个人的疯狂计划，我们要去西北迷雾边缘看看！"

"那可不是什么好主意，"雷予皱着眉提醒她，"我们来自五个不同的部族，而且还都是幼崽，恐怕人家根本不会允许我们随意进出那里。我还听说，西北迷雾会散发一种奇怪的气味，让接触的狼变得异常兴奋。也许这正是峡居族性格特别外向的秘密吧。"

"说得没错，雷予。"熔炎点头表示赞同，"我可不想一辈子都亢奋得停不下来——"

"你说的'怪味'空气，很可能是一种QOP-19的变种病毒，"风殇冷静地分析着，"我的推测是，它可能是PT-1和IKXLA的综合变体。当然，也不排除极小的可能是ZRWL-2142的基础变种，甚至OIM-9也有可能。"

117

"你能不能别这么学究气啊！"众幼崽异口同声地抱怨起来。

"呃……那好吧……我们……随你们好了……"风殇无奈地挥了挥爪子，选择了妥协。

其他五只幼崽立刻各奔东西，只剩下风殇孤零零地站在道路中央。她环顾四周，心中暗想：好了，他们都走了，我终于可以做自己真正想做的事了。但转念一想，她又开始怀疑自己坚持前往西北迷雾外围的决定。ZRWL-2142也好，IKXLA也罢，听起来都十分诡异。也许尝试一下那神奇的"八合一餐"并没有那么糟；又或是美美地睡上一觉，毕竟过去三周每天早起翻找灌木，实在有些吃不消。至于……那个峡谷什么"dying"？还是"doing"？哦对了，是"diving"，峡谷跳跃。绝对不行，就算用湍娜境内所有的红宝石、绿宝石和钻石来贿赂，她也绝不会去。

想到这里，她决定去找黑曜和冰晶。但问题来了，她得先弄清楚他们到底往哪儿去了。

这是个罕见的状况。风殇向来对每个同伴的动向都了如指掌，甚至事先仔细研究过地图。在四部族学院中，她几乎每天都会待在历史与地理洞穴里。然而现在，她却没办法随时进入那个熟悉的"地理洞穴"了。

接下来的几分钟，她不得不向附近的峡居族居民不断询问："你们有没有看到一只雪居族和一只熔居族往哪个方向去了？"说着，她还一边指向自己猜测他们可能离开的方向。

"唉，好吧。"风殇终于无奈地叹了口气，"看来我只能——呜呜呜！"

周围的峡居族居民瞬间倒吸了一口凉气。他们震惊地看着眼前的情景：一只水居族狼用一块湿透的厚布堵住了风殇的嘴。

"是水居族的旋影！"一只沟居族幼崽惊恐地尖叫起来，"快跑啊！"

"嘿，我总算抓到你了。"旋影低声自语，"首领看到这个场面，一定会非常满意。"

两个小时后，风殇努力想睁开眼睛，却始终无法做到。当她终于清醒时，夜幕已经降临。她惊觉自己一向精准无误的"时间感"似乎消失了。高日时分到了吗？她猛然意识到：我得去吃饭了！也许尝尝那家自助餐厅的"八合一餐"并不是坏主意。

"非常感谢你，旋影。"一个熟悉的声音响起，"这只幼崽给我惹了不少麻烦。她还有个沟居族和一个雪居族同伙，那几个小家伙严重干扰了我在首领林木那里的计划。如果你发现了他们，一定要给我抓住。"

"哦，看，风殇醒了。"旋影压低声音说道，"鹤渚的药果然很有效，我去跟她打个招呼，看看她能否听懂我说的话。"

"什……什么？"风殇含糊不清地问道。

"风殇，你能听到我说话吗？"旋影问道。

"巴……巴……自助餐……我……饿……"她含混不清地嘟囔着。

"别担心，药效很快就会消退的。我先自我介绍一下，我叫旋影。以前我在雪居族的竞技场里与你的沟居族朋友交过手。你现在可能想知道自己身处何处，这里是水居族的最高戒备监狱，不是普通的牢房。到目前为止，整个淄娜也只有四只狼被关在这里，而你是其中之一。另外一名囚犯名叫狮鱼，他曾密谋与首领巅峰联手，企图暗杀首领环礁、我以及其他水居族的重要成员，因此他被判在普通监狱关押十年，最高戒备监狱三年。不过，普通监狱的刑期后来减至四年半。你可能不知道，六天后，他将被处决。到时候，如果你感兴趣的话，可以来观赏一下。至于你自己，将会在这里待上两个月，然后再转移到普通监狱关押一个月。虽然你犯的事情并不算严重，但终究冒犯了我们的首领。除非你的同伴们——或者你们所有人——敢来救你，否则你必须乖乖待在这里。我要提醒你，如果他们真的胆敢前来营救，他们将被判在普通监狱关押两年，并在这里再额外关押一个月。"

旋影说着，将一团灰色的维生素糊状物推到风殇面前，"好了，这是你的食物。顺便说一句，这杯水味道就像狼粪用马尿泡过一样，祝你好运。"

"哦哦……八合一餐……我想……睡……"

话还没说完，风殇便脸朝下倒在地上，沉沉睡去。

"我需要一块金子。"旅馆老板冷冷地说道。

冰晶皱了皱眉："我们上哪儿去弄金子啊？我们又不是淘金者。"

"是啊，所以要么你们另找地方睡觉，要么赶紧离开。"她毫不客气地回绝。

"我们来这里就是为了睡觉的。"黑曜说道，"麻烦你带我们去房间吧。"

"自己看看匾牌。"老板指了指墙上，语气冰冷。

"让我瞧瞧，"冰晶眯着眼睛念道，"'我们绝不会拒绝任何客人，哪怕他们的要求再离奇'，你看，这不就是了吗？快给我们开个房间！"

"看另一块牌子。"老板面无表情地示意道。

"'我们有权拒绝为任何人提供服务'，"冰晶念完后不满地抗议道，"这个标语已经过时了吧？你应该把它取下来才对，毕竟'读匾牌'是你让我们做的。"

老板不耐烦地翻了个白眼，伸手摘下写着"我们绝不会拒绝任何客人"的匾牌："好了，现在我正式拒绝为你们提供服务。所以，请马上离开我的旅馆。"

"但你并没有毁掉那块牌子啊，"黑曜冷静地反驳道。

老板似乎态度突然软化了一些："我们这里还有几间能俯瞰血之峡谷的房间，你们要不要去看看？"

"好啊！"黑曜和冰晶兴奋地同时说道。

老板带着他们穿过几条毫无装饰的走廊，最后停在标着"31号房"的门前。"你们看，这里的景色是不是很棒？"

"哇，确实不错！"冰晶由衷赞叹。

"你们慢慢欣赏风景吧，我去把大堂那块牌子丢进峡谷。"老板冷淡地说道。

"好啊，你随便——等等！"黑曜猛然反应过来，"你要把牌子扔进峡谷里？那也太缺德了吧！你知道会砸到多少蝾螈吗？"

"当然知道。零只。"老板毫不犹豫地说完，就把牌子甩进了峡谷，牌子一路撞击着峭壁，发出清脆的"哐啷"声，最终跌落谷底。

"那我们现在能回房休息了吗？"冰晶不耐烦地打了个哈欠，"你的对话实在是太无聊了。"

"脑子正常的客人绝不会跟你们住在同一家旅馆！"老板气急败坏地吼道，"都给我滚出去！"

黑曜和冰晶只好垂头丧气地走出了旅馆，回到大街上。

"其实，我有皮马托能力。"黑曜突然小声说道。

幸亏只有冰晶听到了："你说什么？"

黑曜赶紧捂住嘴，但为时已晚："我……我也不知道，刚才一不留神就脱口而出了，好像是脑子里的过滤器突然坏掉了……"

"你真的有这种能力吗？"

"有的。我可以做很多事。"

"比如呢？"

"比如，让物体悬浮。"黑曜晃了晃脑袋，持续了约五秒钟。忽然间，那块刚刚被扔进峡谷的匾牌瞬间出现在冰晶眼前，近得触手可及。

"别动。"黑曜轻轻举起右爪，随意地弹了一下爪子，只见旅馆老板突然被一道无形的力量猛推到牌子上。

"这就是你不该招惹我们的下场。"黑曜冷冷地说道。

"就只有这些？"冰晶挑眉问，"你的能力就只能做这么点事吗？"

"我还会说多种语言，包括动物语。比如：普洛克·内洛尔·博勒马克斯·欧尔平·乔蕾·沃西亚。"

"听起来可真奇怪，那是什么意思？"

"意思是'所以你不该招惹幼崽们'，这是多佩林语，属于峡居族的一种方言。"

"那你能感应到其他狼的位置吗？比如风殇？"

"当然能。她现在……情况糟糕了。"黑曜神色骤然严肃起来。

"怎么了？"冰晶紧张地问道。

"风殇被关进了水居族的最高戒备监狱里。"

第十一章

　　"我们现在得赶紧去找其他人！"冰晶提高声音说道，"你知道他们的位置吗？"

　　"烁阳和雷予在一起，正往血之峡谷的方向前进。"黑曜回应道，"我现在正在确认熔炎的位置。"

　　"我之前见过一张地图，"冰晶试探着说，"或许我们可以看一下——"

　　"已经不用了，我找到她了，她现在就在城镇中心，一个非常热闹的广场里。"

　　"你脑子里内置了地图之类的东西吗？"那位雪居族好奇地问。

　　"听起来更像风殇才会拥有的能力吧。"

事实上，风殇的脑海中确实装载着整座湍娜的详细地图。

黑曜继续说道："雷予和烁阳离我们最近，先通知他们熔炎的位置，然后我们再去找熔炎。不过，在行动之前，我们得先填饱肚子，我快饿扁了。算了，说到吃东西，我改变主意了，还是先去找熔炎吧。"

话音刚落，他们就听见周围的小贩正大声吆喝着自己的食物："新鲜的风干蜥蜴！"

"听起来不错。"黑曜咽了咽口水，"而且还是免费的？快去看看吧！"

"我要这个，这个，这个，还有那个。"冰晶兴奋地指着几只看起来最肥美的蜥蜴。

"要不要给你串成一串？"小贩热情地问。

"随便吧，给我串上。"冰晶满不在乎地说道。

"今天是'蜥蜴节'，所有蜥蜴都免费送啦。"小贩说道，"正好也帮我清清库存，我儿子外出打猎太勤奋了。"

"我们才不想听你儿子的破事呢。"两只幼崽异口同声地抱怨道。

"真没礼貌！"小贩皱眉抱怨。

"你刚才说什么？风太大，我听不见。"冰晶笑着回应。

冰晶和黑曜朝南边前行，来到城里最大的广场——幽谷广场。这座广场以其首领的名字命名，繁华非凡。这里的商贩数不胜数，让他们之前见过的摊位瞬间黯然失色。

"我记得熔炎说过，她去了奥匹尔·维特罗·狮餐厅。"黑曜一边说着，一边向左侧抬了抬下巴。

"不对，她说的是奥匹尔·维特罗·虎餐厅。"冰晶立刻反驳。

黑曜略一思索，说："那就这样吧，我们分头行动，分别去这两家餐厅找找有没有熔居族的踪迹。你去狮餐厅，我去虎餐厅。进去之后随便找张桌子坐下，留意熔炎出现。一旦服务生过来，你就随便找个借口脱身，比如说你要吐了之类的。"

冰晶笑了："难得啊，你终于想出了一个像样的主意。"

"是吗？这一个半月以来，我可没感觉自己变聪明多少。"黑曜无奈地摇头。

"随你怎么说吧。"冰晶叹了口气，转身向狮餐厅走去。黑曜跟了几步，但走到另一排同样售卖烤蜥蜴的小摊前，两人便默契地分头行动了。

冰晶走进狮餐厅时，原本还以为里面会是一片各自安好的景象，一切安静平和。

事实却截然相反。

餐厅里的幼崽几乎和成年狼数量持平，而且这些幼崽看起来还要比冰晶小个两岁左右。他们正上演着一场混乱不堪的"食物大战"，盘子四处乱飞，一条刚出炉的熏三文鱼准确地砸在冰晶脸上，另一侧又飞来一块冰凉的章鱼。

两样奇怪的食物接连撞上他的毛皮，让冰晶忍不住惊叫一声。而那些幼崽们却对此兴奋不已，一个个像鬣狗似的笑得前仰后合。

冰晶快速地扫视餐厅，试图找到熔炎的踪迹，但他只注意到一个年龄约莫两岁的熔居族幼崽。

无奈之下，冰晶只能去厨房寻找服务生。他终于逮到一个正忙得焦头烂额的服务员。

"呃……请问还有桌子吗？"冰晶小声问道。

"桌子？"服务生惊愕地瞪大眼睛，"你在开什么玩笑？这里还有哪张桌子能好好用来吃饭吗？最好的桌子都被锯掉了一条腿！相信我，你根本没法在这儿安心吃饭！"

说完，他还顺势躲开了一块飞来的羊肉。"现在你明白我的意思了吧？"

冰晶只好尴尬地点点头。那名山居族服务生朝门口指了指，门口正被一只沟居族幼崽堵着。"小家伙，我可不希望你也被一盘八合一大餐砸得满脸都是，趁早离开这里吧。"

"等等，再问你一个问题！这里一直都是这种混乱吗？还是今天有什么特别情况？"

"算是吧，"服务生叹了口气回答道，"三年前，四部族学院里一些幼崽创立了一个叫'玛特教派'的

128

组织。只有学院里的学生才知道那到底是什么意思，就连学院的首领狼雪岭都搞不懂。他们喜欢在大陆各地制造混乱，而这里似乎就是他们的大本营。一年半以前，这个教派逐渐销声匿迹。但就在两个月前，他们突然又开始活跃起来，甚至还吸纳了一批和学院毫无关系的沙居族幼崽。这些沙居族幼崽原本与四部族学院毫无瓜葛，现在却开始做一些足以引起他们首领砂岩注意的事情。于是砂岩便招募了一些幼崽，暗中替他监视那些目标。如今，这个玛特教派已经扩展到了第五个部族，也就是沙居族。"

"原来是这样……谢谢你！"冰晶说道，"我有个朋友正好在那所学院，或许他会知道些什么。你也多加小心吧。我看，还是尽快离开狮餐厅比较明智，毕竟保命总比把自己弄得像滚遍了五大部族的泥地更重要。"

冰晶庆幸自己没再被鱼或章鱼袭击，迅速离开狮餐厅，朝虎餐厅走去。他一边走，一边思索着黑曜现在在干嘛，还有他到底找到熔炎了没有。

结果黑曜居然就在他面前出现了。

"黑曜！你找到她了吗？"冰晶急忙问道。

"没有！"黑曜一脸无辜地回答，"我压根就没进去，只是在广场上到处溜达。"

"为什么？"冰晶不解地瞪大眼睛。

"我刚才吃了那么多蜥蜴，肚子撑得难受，想着得找机会消化一下。"

"我们走了整整二十分钟才到幽谷广场，你还没消化完？"

"我——我的新陈代谢慢行了吧……"黑曜有些心虚地结结巴巴起来。

冰晶翻了个白眼："行吧，现在换你去虎餐厅找熔炎，我也想在广场上随便逛逛。"

黑曜被冰晶严肃的语气吓了一跳，只好乖乖点头答应。冰晶心中暗想：果然，威慑还是挺有效的。

熔居族幼崽黑曜迈步走进虎餐厅，门上的铃铛随即"叮当"作响。

"几位用餐？"一只沟居族服务生迎面问道。

"啊！"黑曜被吓了一跳，"你——你是谁？"

周围的狼都朝他投来异样的目光。

"我是服务生啊……"对方有些无语，"请问你们这桌几只狼？"

"一——一只狼就够了。"黑曜低声回答。这是短短不到一分钟内，他第二次被吓到。

"您的位置在四号桌。"

黑曜站在原地四处张望，花了一番功夫才发现所谓的四号桌位于餐厅左侧的角落里。

当他坐到自己的位置上后，尴尬地发现自己不仅是餐厅里唯一的熔居族，更是唯一的幼崽，而且很可能也是唯一一只不懂高级餐厅用餐礼仪的狼。黑曜直接拿起盐碟，大口舀着盐往嘴里送，丝毫不理会桌上其他的配菜。

他还无聊地左右摇晃椅子，甚至将椅子推来推去，引来了不少狼惊讶的目光，其中包括刚才那名服务生。

"你难道一点餐桌礼仪也不懂吗？"服务生不满地低声训斥道，"在我们给你上餐之前，先安静一点好吗？"

黑曜听了这话，只好乖乖安静下来，四处观察餐厅的环境。他注意到，这里的员工大多是沟居族和雪居族，而顾客中则以山居族居多。

就在这时，他终于在餐厅的另一个角落看到了熔炎的身影。她正和另外三只熔居族坐在一起，似乎在聊着些什么。

"需要来点开胃菜吗？"又一位服务生走过来询问，这次换成了一只雪居族。

"呃，我想直接上主菜吧……等一下，我突然觉得想吐。"黑曜的表情认真无比，并非玩笑。

服务生叹了口气："好吧，厨房在后面，你去那里吐吧。我还得去通知厨师，又有人要吐了。"

"这得花多久？"

"你要是能忍住两分钟，那就两分钟。能坚持吗？"

"当然！"黑曜心想，这正是接近熔炎的绝佳机会。

他小心翼翼地起身，朝熔炎所在的七号桌缓缓走去。

"熔炎，跟我走，"黑曜压低声音说道，"你也跟你朋友说你想吐。"

熔炎一愣："黑曜？"

"是我，赶紧离开。跟你一起的这几位是你的朋友？"

"当然是，我们同一天出生的。"熔炎刚想继续说什么，却看见服务生正走了过来。

服务生看到黑曜居然换了张桌子，有些吃惊，但还是问道："主菜想点什么？"

"唔唔！"熔炎立刻用爪子捂住嘴，"抱歉，我得去吐……"

"太好了，又一位要吐的，"服务生无奈地再次叹气，"看来我得再花两分钟告诉厨师们了。"

"赶快告诉你朋友们，风殇出事了。"黑曜趁机低声说道。

熔炎吃惊地瞪大了眼睛："真的吗？"

"出去再解释，"黑曜朝门口点了点头。

熔炎转头对朋友们说道："嗯……我另一位朋友在血之峡谷跳悬崖时受伤了，我得去看看她。"

"'风殇'听起来可不像熔居族的名字啊。"其中一只朋友狐疑地说。

"至少不像我们这边阵营的部族。"另一只补充道。

"她父母一个是水居族，一个是雪居族。"熔炎顺口撒了个谎。

"好吧，既然是你朋友又受了伤，那你赶紧去吧。"第三个朋友摆了摆爪子说道。

熔炎与黑曜趁大家不注意，迅速溜出了餐厅，朝冰晶所在的方向走去。

"总算，这一个月以来你第一次办成点事情了。"冰晶依旧冷冷地瞪着黑曜，尽管黑曜脸上露出了一副得意洋洋的神情。

"所以风殇是真的改了行程，没去迷雾，反倒跟雷予和烁阳去了悬崖跳水吗？"熔炎疑惑地问道，"还有，你们之前不是说困了要去睡觉吗，怎么又跑出来了？"

"没有，我们确实去了西北迷雾区，"黑曜再次撒谎道，"我们去问了那边的向导，他们说根本没见过风殇。"

冰晶神情严肃地补充道："而且，首领环礁正在追捕我、风殇和雷予，我们担心最坏的情况可能已经发生——环礁可能已经把风殇关进了最高戒备的监牢里。"

熔炎听了，皱起眉头："你们大白天站在这么热闹的广场中央，跟我讲这种篝火旁边的鬼故事干什么？"

"这是真的！"冰晶急忙反驳，"呃……虽然其中有一半是推测，但风殇真的不见了！"

熔炎的眼睛刹那间变成了紫色，透着一股神秘的光芒："哦，我刚刚有了几个预见，我们一定能把风殇从那个地方救出来！"

黑曜离开了队伍，专心翻阅着地图，试图找到血之峡谷适合悬崖跳水的地点。

"等等，你刚才说的是'预见'？"冰晶难以置信地望着熔炎，"你说你能预见未来？"

"是……是啊，我偶尔会有一些预见。"熔炎轻声说道。

"呃，好吧，"冰晶的嘴巴张成了"O"形，"十二小时之内，你已经爆出了两个这么重大的消息。"

"其实我早就知道黑曜有皮马托能力。"熔炎轻描淡写地说，"既然他刚刚那么确定，岂不是意味着他真的感应到了风殇被关押的事情？"

"大概吧，"冰晶有些尴尬地拨弄着自己的爪子，"我们只是觉得，这个秘密不适合让你知道。"

熔炎轻哼一声："别忘了，我可是咱们部族首领的幼崽。族里几乎没有什么事能瞒过我的。"

就在此时，黑曜急匆匆地跑了回来："快跟我走吧！我找到雷予和烁阳的位置了！"

他们立刻转身往北，快速朝血之峡谷的方向前进。不久之后，烁阳的身影率先进入他们的视线，他正忙着将一根绳索系到自己身上。

"烁阳！"冰晶连忙喊道，"风殇失踪了！她很可能被首领环礁关进了最高戒备的监牢里！"

"那雷予呢？"熔炎问，"他是不是又在观察野生动物？"

"或许吧，"烁阳回答。

就在这时，雷予转头严肃地看着他们："烁阳，还有冰晶、熔炎、黑曜，你们都来了？"

"怎么了？"所有狼异口同声地问道。

"我刚刚在灌木丛中发现了一样东西。"雷予语气低沉地说道。

"真的？"烁阳急切地问，"难道是——宁静之石？"

"没错，就是它。"

听到这句话，他们立刻朝雷予正在查看的灌木丛冲过去。冰晶迅速拨开了几根挡路的树枝。

紧接着，那颗石头便赫然映入了他们眼帘。

冰晶顿时屏住了呼吸——在经历了漫长的寻找与无数次的失望后，他们终于找到了它。

宁静之石。

第十二章

　　宁静之石散发着柔和的蓝光，和冰晶梦境中所见分毫不差。它的样貌像极了雪岭精心雕刻过的石碑，只是略显粗糙了些。

　　"有人能读懂上面的文字吗？"熔炎问道。

　　"雷予能读，"黑曜说道，又转向雷予，"你能看清吗？"

　　"当然，"雷予点了点头，"那我开始念了：

　　睁开双眼，自由无存，
　　此乃宁静之石，佑世安稳。
　　纵使希望远遁，
　　此石亦可半启安宁之门。

六只幼崽，
两者同源，四者异族，
天命所定，开启此门。
将授奇能，享永世和平，
名之为——宁静之幼。"

"就这些？"熔炎撇了撇嘴，"我爪子起了整整一个月的水泡，结果却只换来了区区九行字？"

"你不会不知道宁静之石本来就只有九行吧？"烁阳淡淡地提醒道。

"就算我们念咒语，想获得皮马托之力也拿不到，"黑曜插嘴，"风殇现在还被关在首领环礁的监狱里呢。"

"那我们还在等什么？"冰晶的语气坚定而冷静，"我们必须尽快结束这场战争，决不能让一座由可能是世上最邪恶的首领掌控的戒备森严的监狱阻挡我们。"

"冰晶说得没错，"雷予赞同道，"我们越快把她救出来，这场战争便越快结束。不过，我们需要有一只幼狼留守此地，以防这块石头突然消失。"

没人愿意干盯着一块石头十二个小时这种无聊透顶的活儿。片刻沉默后，黑曜率先开口："我来吧。反正盯着石头，至少不会死在首领环礁那些打手手里。"

"太好了，最无聊的任务有人愿意认领了。"冰晶看着黑曜，目光中带着些许感激，"熔炎，这里除了风殇之外，就数你最聪明。你脑海中的地图准备好了吗？"

"也许吧，"熔炎叹了口气，"聪明是聪明，但记忆地图这种纯粹的脑力活儿，我可不太擅长。"

"那交给我好了。"烁阳主动提议道，"当年在沙居族服役时，我必须在入伍两天内记住军队几乎所有狼的名字——将军、指挥官、士官长、中尉，还有其他所有同伴。因此，在十分钟内记下一张地图对我来说根本不算难事。"

"很好，烁阳，你来负责领路。"冰晶立即下了决定，"我来负责伪装。以前我和一位朋友常以偷偷监视其他狼为乐。"

"我能负责策划吗？"熔炎带着恳求的语气说道，"我以前去过战争前线，还为熔居族的军队策划过几次进攻行动。"

"哪个首领会让自己的幼狼上前线？"黑曜语气带着揶揄，目光依旧紧盯着那块石头。

"呃，准确地说是在前线的后方。"熔炎赶紧辩解，"差不多是中线吧？"

"嘿，小心别惹首领的女儿生气。"雷予半开玩笑地提醒道。

"雷予，你去救风殇，如何？"冰晶问道。

"当然，"雷予微微一笑，"毕竟我和她最熟悉。"

"看来我也没其他任务了。熔炎，你有空时就去帮帮大家吧。"来自雪居族的冰晶说道。

"我正好喜欢任务多样化。"熔炎轻轻笑道。

冰晶清了清嗓子："我再重复一下分工：熔炎做助手，我负责伪装，雷予去营救风殇，烁阳负责领路，至于黑曜嘛——你就继续专心盯着那块石头吧。"

"我不介意。"黑曜漫不经心地回答，目光始终未离开过宁静之石。他在心里叹道：再这样盯下去，三个小时后我非疯掉不可。要是能让我负责营救就好了，可惜他们明显不再信任我了。毕竟两周前，我只是想捕几只鹿回来当晚餐，结果差点把烁阳和风殇变成肉饼。

"喂！"不远处忽然传来一只狼的喊声，"你们这些幼狼怎么还带了四只其他狼过来？一旦预订好位置，就不能再额外增加狼数了！"

"我们已经取消他们的位置了！"烁阳大声回应。

"又少了一桩麻烦事。"熔炎松了口气，"烁阳，你先去入口处确认一下地图。冰晶，你想想要用什么样的伪装技巧。我和烁阳再一起帮雷予摸清监狱周围的地形。看起来，我们已经一步步在实现宁静之石的预言了。"

139

六天后，风殇在监狱中醒来时，发现外面聚集了许多狼。她有些困惑，不明白牢房外为何突然变得如此嘈杂。

"嘿，风殇。"牢门被旋影打开，又迅速关上并重新锁紧。他的声音一如既往地温柔，带着抚慰人心的力量，与他的外表截然不同。"我想你也听到外面那些狼的吵闹声了吧？"

"嗯。"风殇点点头。

"外面聚了这么多狼，是因为今天要处决狮鱼。你还记得狮鱼吗？还是说，那种药真的在你身上起作用了？"

"哦！"风殇立刻说道，"虽然我对水居族的叛徒狮鱼了解不多，但据我所知，他曾密谋暗杀过多名水居族成员，包括你和前任首领清泉。"

"看来是信息超载了……"旋影自言自语地嘀咕了一句，随后问道："不管怎样，你想出去看看他的处决过程吗？"

"当然，"风殇轻松地回答，"只要能让我稍微活动一下脑子，怎样都行。你也看到了，我现在的乐趣只剩下用餐盘敲墙了，实在太无聊了。"她用爪子指了指地上摆着的十二个装满灰色糊状食物的餐盘，语气里透着浓浓的无奈。

"嘿，潮池！"旋影扬声喊道，"能过来帮我给犯人上镣铐吗？"

"马上就来！"伴随清脆的回答，一只水居族的狼从远处走来。她面容瘦削，大半张脸被一副金属面具遮挡着。风殇暗自思忖道：就水居族士兵的平均水平而言，潮池的身材算得上不错了。她曾在四部族学院的实地考察中，见过比潮池还要消瘦的水居族战士。

"镣铐给你。"潮池顺手将六副镣铐扔给旋影。

"呃，你拿这么多镣铐做什么？"风殇疑惑地问道。

"当然是用在你身上了，"旋影耸了耸肩，"这是常识，至少在水居族军队里就是这样。"

"可是，为什么要戴六副？加上你之前已有的三副，那岂不是一共九副了吗？"

"最高戒备规程，"旋影的语气显得漫不经心。

潮池和旋影迅速为风殇戴好镣铐后，便带着她朝潮池刚才来时的相反方向走去。他们穿过牢房，经过三道安检。狭长、冰冷的走廊令风殇恍惚间回忆起了四部族学院的过道。

不多时，他们通过最后一道安检，终于踏出了监狱的大门。外面天色阴沉，却仍亮得刺眼，让风殇一时难以适应。四周弥漫着浓浓的迷雾，前方潮池的身影几乎完全模糊起来。他们继续前行，直到停在一座雄伟的建筑物前。

风殇环视四周，发现全是水居族的狼。看来，这个行刑场所似乎只允许水居族进入。

"到了。"旋影说道，"潮池，接下来就交给你带她过去吧。如果有什么需要帮助的，我会在D区。"

"明白。"潮池点了点头。

又经过两道安检后，潮池带着风殇踏进了竞技场内。偌大的竞技场里挤满了水居族成员，这也是风殇整整一周以来第一次见到沙居族的身影。但她只来得及匆匆瞥了那只沙居族狼一眼，便又将视线落回潮池的后脑勺上。

"我们的位置在B区，"潮池转过头来对风殇低声说道，"准确地说是第三排。这就是身为最高戒备犯人的'特殊待遇'之一，不论它究竟是好是坏。相比之下，有些普通的犯人甚至还不知道今天要处决狮鱼呢。"

她们穿行到竞技场的中心区域。这里的布局与首领寒雹的竞技场相似：观众席数量相仿，中央同样呈六边形，地面上也画着类似雪居族竞技场的线条。唯一的区别是，这座竞技场是露天的。

风殇抬起头，看到身后上方赫然坐着首领环礁。紧接着，火把噼啪燃起的声音响彻竞技场。刹那间，八千余只狼齐齐陷入了肃穆的寂静之中。

"水居族的同胞们，大家好！"环礁的声音响彻竞技场，"今天，你们将共同见证一场期待已久的处决——这不仅是我，也是你们当中很多狼一直盼望的时刻。这次事件如此受人瞩目，以至于连其他族群的一些重要成员都特意赶到了现场！"

人群顿时爆发出热烈的欢呼声。与此同时，四名水居族士兵与一名树居族士兵抬出一张长凳，另有两名士兵搬来了两根粗壮的柱子，稳稳地放置在长凳的一侧。那名树居族士兵又拿出了两把刀，将其中一把递给了身边的水居族同伴。

旋影紧接着从D区跳进竞技场中央的六边形场地。他迅速拾起刀，熟练地抓住刀刃，将其固定在柱子之间。刀刃侧面连着一根粗大的绳索，另有两名士兵迅速将绳索系到一旁的拉杆上。

"今天，我们将处决的对象就是狮鱼！"环礁再次提高嗓音说道，"他曾密谋暗杀我和另外五只狼，而他勾结的对象，正是我们宿敌山居族！他被公认为是近五百年来最卑劣的叛徒。守卫，把他带出来！"

竞技场的一侧，一道暗门猛然打开，六名守卫押解着狮鱼走了出来。他瘦削如虾，面容竟然与风殇极为相似，几乎如同她的翻版。

难道……他是我的父亲？风殇心中骤然一震。母亲临终前曾告诉她，父亲与她长得几乎一模一样，还暗示过他曾犯下过难以原谅的罪行，只是没有详说。父亲原本的名字是飓风，这么看来，狮鱼可能并不是自己的亲生父亲。等等！风殇忽然回忆起，她在出发去四部族学院前的第三天，父亲曾经亲口告诉她自己改了名字；而就在出发前一天，母亲才第一次提起过他犯下的罪行。如果现在喊出他的旧名，也许他就会认出自己？若是无效，也就算了吧……

"飓风！"风殇忽然冲着狮鱼高声喊道。

狮鱼猛地停下了脚步，神情震惊："等等，守卫，我听到有人在叫我的旧名字。"

守卫们也跟着停了下来，其中一只顺着狮鱼的目光看向风殇，皱眉道："那只狼你看起来眼熟吗？"

"她……"狮鱼低声嘟囔了一句，"她长得跟我一模一样。"

与此同时，竞技场外的某个角落里，隐隐传来了几只幼狼压低声音的交谈，听上去是在窃窃私语。

"好了，掘尘，我和千岚一起挖条地道。你爬进去找到智爪，把她安全带出来，然后我们再一起去找船。所有人会在那里集合，接着我们悄悄划船回大陆。听清楚了吗？"

"明白了，烁阳。"

"小声点！别暴露真名！"

躲在阴影中的，正是那五只为了营救风殇而来的幼狼。他们完全没有意识到，他们要找的风殇此刻正位于墙壁的另一侧。

第十三章

　　"我想看看那面墙后面。"雷予说，"我感觉那里藏着一大群狼。也许特——我是说，智爪就在那边。"

　　"荒谬！"熔炎严厉地回应，"狼越多，她在那里的可能性反而越小。"

　　"用我的力量吧！"黑曜主动提议。他丝毫不担心会在雷予面前暴露自己的秘密，因为他早就对雷予坦诚了一切。"嗯……她确实在那里！就在那墙后面，B区第三排！"

　　"改变计划——"熔炎刚要开口。

　　"过去三个小时里，我们已经改了至少十一次计划了。"雷予打断了她的话。

　　"那又如何？"熔炎不以为然地反问。

这时，那只沟居族的狼忽然精神一振，急切地命令道："栖冬，去把那扇门撞开！我要进去！"

"抱歉了！"黑曜先一步行动。他迅速操控起一棵树，让它悬浮于空中，然后猛地砸向那堵墙，撞出了一个巨大的裂口。雷予本以为整面墙——至少大半部分——都会轰然倒塌。他甚至已经想好了场面：自己会在墙倒之后英勇冲入，救出风殇，然后带着她逃往停泊在岸边的临时小船。

然而，现实远不如他想象中壮观。他心中暗叹：跟预想的不太一样。但无论如何，我必须进去。我早就答应了。

"既然一切准备就绪，我们便开始行刑吧！"首领环礁高声宣布，"狮鱼，准备好了吗？"

"等、等等，"狮鱼有些犹豫地说道，"我……我能不能先跟某只狼说句话？"

"当然可以，"环礁露出心领神会的表情，点头答应道，"临终之前，与另一只狼交谈往往是最好的遗愿。"

狮鱼快步走到风殇面前，挥手示意她走到最前排来。

"告诉我，你为什么刚才会提到'飓风'这个词？"他急切地问。

"那是我父亲的名字。"风殇这时才意识到自己竟不小心说出了这个秘密，赶紧改口道："等等，当我没说吧。"

"你的名字，难道叫'风殇'？"狮鱼直视着她，声音颤抖着。

风殇瞬间明白了眼前这只狼的身份——她竟然找到了自己还活着的父亲，一个与母亲截然不同的存在。她声音微弱却坚定地回答："是的。"

就在这一对久别重逢的父女满怀感慨之际，雷予却另有计划。

他匍匐在浓密的树叶间，猛然借助树尖弹身跃起。除了首领环礁，没有其他狼察觉到他的动作。

"入侵者！"环礁大喊道，"还是那只沟居族狼！他也应该被关起来！"

守卫们闻声立即转头，盯向那棵树，果然发现了一只沟居族狼。他们正准备上前，将这只狼也加入行刑名单，风殇却抢先开口了。

"雷予，你来这里做什么？"

"嘿，首领环礁，我听说这里情况糟糕透了，"雷予讥讽道，"所以特意过来带走你们其中一名囚犯。"

"守卫们，暂停行刑。"环礁抬起一只爪子，示意暂缓。

旋影此时也注意到了雷予："嘿，雷予，看样子你从寒峦指挥官手下逃出来了。"

"你怎么知道的？"雷予惊讶地问。

"除了寒峦和他的士兵，我是第二个知道的。"旋影坦然答道。

雷予随即转头望向风殇："竞技场里那只骨瘦如柴的狼是谁？"

"看起来，他是我父亲。"风殇低声告诉他，"既然你来救我，不如顺便也把他救出去？"

"当然，"雷予毫不犹豫地说，"如果他真的是你父亲，而且马上要被处死，我肯定得救。你有计划吗？像以前那样？"

"显而易见。"风殇嘴角扬起一丝微笑，"你去吸引环礁的注意，然后告诉我父亲狮鱼偷偷溜到那棵树后。在你分散她注意力时，我会迅速靠近那棵树，进去帮他。一旦我们都安全进入，再想办法脱身。我猜另外四只也来了吧？"

"的确来了。"

"可以继续了吗？"环礁不耐烦地问道。

"各位……呃，七千位尊敬的观众们！"雷予高声宣布，"我们为大家准备了一项全新的娱乐节目，那就是我来数数！一、二、三、四、五、六……"

风殇试图从高处跳下，却惊觉自己被戴了整整九副镣铐。难怪旋影和潮池要用这么多的镣铐来束缚她。

"九、十、十一……"雷予边数数，边朝狮鱼的方向缓缓靠近。

"不错，两只幼崽正在为我争取时间。"狮鱼低声自语道。

"狮鱼，快爬到那棵树后！"雷予压低声音催促，"别犹豫，快点，待会儿我再解释。"

"好吧，聪明的小家伙。"狮鱼点点头，趁其他狼不注意时猛然向那棵树冲去。虽然环礁暂时没有发觉，但还是引起了几只狼的注意。它们惊讶地发现：这只本该在一分钟前就被处决的水居族叛徒，竟朝一棵神奇地贯穿体育场墙壁的松树奔去。

"十九、二十、二十一、二十二……"雷予持续着自己的计数，同时密切关注风殇的行动。此刻，风殇已经快到那棵树旁了。他想起她摆脱镣铐的方式——那些镣铐本就是给成年狼准备的，根本不适合用在幼崽身上。事实上，当雷予刚数到"七"时，风殇就已开始扭动身体挣脱；等他数到"十四"，她便轻松地脱掉了全部镣铐，恢复了行动自由。

"看来我的任务完成了！"雷予愉悦地宣布，"再见啦！"

"你以为自己能逃去哪儿？"首领环礁厉声质问道。

"我也不清楚。"她身旁的一只水居族狼茫然地回应。

"前排的守卫！"她惊叫道，"那个囚犯呢？还有……狮鱼！他们都哪去了？！"

此时，那三只狼早已不见踪影。

雷予虽然已经走过一次，但还是费了好大劲才钻出那些繁密纠缠的树叶。被环礁抓住的危险不断闪过他的脑海，让他心跳加速。

幸好，他最终还是成功逃了出来。风殇和狮鱼看起来也都毫发无损，这让雷予暗暗松了一口气。他开始好奇另外几只狼的去向，却猛然发现右边的一丛灌木竟然是烁阳的伪装。

"掘尘！"烁阳惊喜地大喊，"你真的把风殇带回来了！你旁边这位是谁？看起来跟她好像啊！"

"谢谢夸奖，"雷予笑了笑，"他是风殇的父亲，狮鱼，刚刚差点被处死。"

话音未落，熔炎便从七英尺外的一棵树后现身："狮鱼？他可是水居族头号通缉的要犯！"

"呃……确实是这样。"狮鱼略显尴尬地承认道。

就在这时，冰晶忽然高喊："各位！我发现了一件你们绝对想看的东西！"

所有狼，包括狮鱼在内，迅速朝着冰晶所在的位置跑去。

那只雪居族狼站在一丛灌木前，众狼纷纷兴奋地询问他是不是找到了宁静之石。

"希望是吧，"冰晶说，"我想等你们全都到了再打开看看。还有……那位是狮鱼？"

"你怎么知道？"风殇有些惊讶地问。

"八个月前，我无意中听到首领林木吩咐手下的间谍去抓一只叫狮鱼的水居族狼。他描述的样貌，和你现在的模样完全吻合。"

"他是风殇的父亲。"熔炎补充了一句。

"真是太好了，"冰晶点点头，"现在，我们能看看灌木里究竟藏着什么了吗？"

烁阳已经迫不及待地拨开了灌木丛："看，就在这里！"

"居然有两块宁静之石。"雷予皱起眉头，"哪一块是真的？"

"我怀疑这是首领环礁设下的诱饵，"冰晶提醒道，"只要我们稍一分神，她就能把我们一网打尽，到时候下场可能就跟狮鱼一样惨。"

"我可不想再经历一次了。"狮鱼表示赞同。

熔炎的目光落在雷予身上，坚定地说道："雷予，把上面的文字念出来吧。"

这只沟居族狼开始念诵那首熟悉的预言诗——那些相同的诗句，他曾经在大陆各处多次见过。当他念到最后一个词"宁静"时，没有一只狼料到袭击会在此刻发生。

来袭的，正是影施族。

石头骤然碎裂，裂成了十几片大小适中的碎片，碎片迅速凝聚成十只狼的形态。最后一块碎片落在地上，上面浮现出一个清晰的字母"y"，与首领溪泅手中的那块残片一模一样。

"快跑！去船那边！"雷予怒吼道，"我来拖住他们！"

"不要这样！"烁阳急喊，"你最好跟我们一起走！"

雷予却若无其事地回了一句："嘿，别担心我！"

下一刻，他已冲进敌群，挥爪与那些所谓的影施族激烈厮杀。他迅速击倒了一只影狼，那只狼惨叫着倒在地上。紧接着又是一击，第二只狼倒下，与之前那只狼并排躺着。然而眼见还有八只狼气势汹汹，雷予无奈之下只好转身朝停靠的小船狂奔。

"我们马上离开！"雷予跃上船，急促地下令。

熔炎、冰晶和烁阳迅速抓起由坚韧树枝与桦木制成的桨，拼命划动起来。影施族的狼紧追不舍，令人震惊的是，他们竟然踏着水面奔跑。

"快看！他们居然能在水上跑！"风殇惊呼道。

其余六只狼纷纷转头望去，顿时震惊不已。

"风殇，这是……某种变异吗？"烁阳问。

"我不认为皮马托能够赋予狼在水上奔跑的能力，所以这可能真的是某种变异，"她快速地分析道，"我记得，每六千五百只水居族狼中就会有一例'爪细胞缺陷综合症'——"

"对，那种综合症会导致狼脚爪里的细胞异常生长，形成微小的气垫，从而可以在水面奔跑，"雷予迅速接过话头，"你以前在四部族学院经常讲这个。"

"你没必要把我说得那么透彻吧？"风殇瞥了他一眼。

"现在，我们能先想办法摆脱他们吗？"冰晶焦急地打断道，"他们越来越近了！"

影施族狼群正轻巧地在水面滑行，就好像是在冰面上奔跑。每当他们靠近一步，船上的幼狼们就更加焦虑不安。甚至连之前被雷予击倒的那只影狼都重新追了上来，而且还冲到了队伍最前方。

"岸就在前面了！"烁阳突然喊道，"不到四分之一英里！大家再加把劲！"

冰晶与熔炎更加慌乱，拼命地划动船桨，甚至竭力让自己在船上的重量减轻些。

"我来拖住他们！"雷予嘶喊着说道。

"我现在投降还来得及吗？"冰晶无奈地摇头苦笑。

"你根本不会游泳！"狮鱼喊道。这是他自从听冰晶提到那块可疑的石头以来，说出的第一句话，"还是让我去吧！"

"你难道想再死一次吗？"雷予瞥了他一眼，"我这辈子已经够满足了，但你大概还想多活一阵吧？"

狮鱼迟疑片刻，最终默默地点了点头。

这时，雷予从船尾一跃而下，毫不犹豫地游向影施族狼群。每只影狼都有自己的作战风格：头领和另一只狼试图将雷予按进水中，三只狼企图攻击他颈部的重要血管，两只狼想把他击昏，剩下两只则不择手段地寻找机会。

他们如此默契而多样的攻击配合，让雷予疲于招架。他必须竭力保持自己浮在水面上，同时护住脆弱的颈部与后脑勺。

终于，影狼头领猛然发力，将他狠狠按入水下，彻底断绝了雷予击败他们的可能。

然而，仅仅两秒后，雷予却突然腾空而起。

他无法控制自己的身体，飘浮着朝岸边飞去，甚至触碰到了低矮的云层。从空中俯瞰时，他隐约看见那艘由树枝制成的小船，船上的六只狼明显松了一口气——他们知道雷予为他们争取了宝贵的时间。

在云端漂浮了大约三分钟后，雷予轻盈地降落到地面。他远远望见小船从地平线上逐渐驶来，立刻挥动前爪向他们示意。

"我在这里！"雷予高声喊道。

"别担心，"一个熟悉的声音在耳边响起，安慰着他，"我会帮他们的。"

话音刚落，小船竟缓缓升空，把船上的狼吓了一大跳。小船升空的速度与雷予刚才漂浮时完全一样，很快稳稳地落在了岸边。

"谢了，"雷予对着空气感激地说，"神秘狼？"

"你不记得我了吗？想想一只叫皮马托的狼。"那个声音带着笑意回应。

"让我想想……是那只被旋影杀死的树居族皮马托？"雷予疑惑道。

"不是啦，"那只看不见的狼轻笑起来，"是我啊，黑曜。"

第十四章

雷予满心疑惑，却仍感激地说道："呃……谢谢你，黑曜。不过，你不是应该留在佐多莱那边看守宁静之石的吗？"

"不是，"黑曜坦然承认，"我只是过来找你们而已。你们实在花了太长时间，而我刚好又造好了一艘船。"他随手指向岸边一条看上去比四只幼狼的作品更加粗糙的小船。

第一个从那艘小船中爬出来的狼是烁阳。"黑曜！你应该待在峡居族的领地才对！"

"我刚才已经说了，我只是来看看你们的情况！"黑曜有些不满地反驳。

"恐怕你还有别的目的吧。"冰晶说道。他是第三个上岸的。第二个是狮鱼，他费尽力气才从那狭窄的船舱里挣脱出来，和五只几乎毫无生存经验的幼狼挤在一起，早已憋坏了。

"没错！"黑曜欢快地宣布，"宁静之石不见了。"

众狼还没从刚才悬空船只的惊险中回过神来，这条突如其来的消息更是令他们措手不及。风殇正低头在小潟湖边喝水，闻言猛地将口中的水喷了出去，既优雅又不失惊愕。

熔炎难以置信地摇头："它消失了？"

"嗯，是的，"黑曜点点头，"不过我在原地发现了一张纸条。可惜纸条上什么字都没有，于是我就顺手把它埋在了奥匹尔·维特罗·虎餐厅的门口。"

"那我们得赶紧过去看看！现在就动身！"

"可是狮鱼怎么办？"

"你认识狮鱼？"风殇惊讶地问。

"人尽皆知嘛，"黑曜耸了耸肩。

"把他带到沟居族去吧，"熔炎建议道，"显然他不能留在沙居族或树居族，那里都还视他为叛徒。再说我们正好也会路过沟居族的领地。"

"他可以住在我家啊！"雷予兴奋地喊道，"我家有照顾人质和俘虏的传统！"

"行了，别再提你家了，"风殇叹道，"追着我们的那些'影施族'到底怎么样了？"

　　"你是说他们其实不是影施族？"雷予疑惑地问。

　　"他们是水居族，"风殇解释，"只有水居族才可能发生那种变异……"

　　"他们都淹死了，"黑曜突然插嘴。

　　"是你那'伟大的力量'所为吗？"熔炎若有所思地看着他。

　　"对。风殇，以防你还不知道，我拥有皮马托的力量。"黑曜平静地说道，看着风殇吃惊地张大嘴巴，忍不住笑了笑，"不用这么惊讶，我早就习惯了。"

　　"这倒是省了一件麻烦事。"风殇长舒了一口气，"现在，我们能不能找个地方躲躲雨，或者赶紧离开这里？雨开始下了。"

　　众狼齐刷刷地抬头望天，细密的雨滴已经落到了他们的脸上。这雨不像冰晶和青子在树居族领地见过的那种，而更类似于海边特有的"黯淡"细雨。

　　"走吧，"烁阳摇晃着湿漉漉的皮毛说道，"我可是沙居族的狼，最讨厌下雨了。"

　　六只幼狼和狮鱼一同行进，绕道向东，前往山居族的领地。烁阳告诉大家，水居族和部分沙居族正密谋着一次针对沟居族的袭击，因此众狼一致决定，狮鱼最好还是不要跟雷予的家人待在一起。

"我家距离峡居族的边界比离水居族的还近，"雷予向大家解释道，"他们经历过不少次袭击，每次都挺过来了。"

众狼还一致同意，必须先为狮鱼找点吃的。

"我很长一段时间以来都只能吃些灰糊糊的东西，"狮鱼对其他狼说道，"风殇的经历和我差不多。"

风殇点点头："我记得我们甚至还喝过马尿。相信我吧，我家曾经养过一匹栗色的马当宠物，她总喜欢到处撒尿。"

"我们的邻居甚至还一度打算把那匹马吃掉呢。"狮鱼在一旁补充道。

他们穿越了各种不同的地形：从水居族领地草地连绵、碧空如洗的旷野，到沟居族领地那满是泥泞、天空灰蒙的土路。为了避免被首领幽峡关进牢房，雷予特意带着众狼绕开了首领所在沟渠最远的一条路。一路跋涉下来，狼们的双腿早已酸痛不堪，而雷予的脑海中却涌起了无数童年回忆。终于，他们抵达了目的地。

雷予家的沟渠并不宽敞，但容纳一个小群体已经绰绰有余。他向同伴解释，每条沟都有一个专属入口，那是一个带有小型活板门的土丘。进入之后，还会再遇见两扇活板门，分别通向不同的方向。

"葡萄藤。"雷予走到土丘前小声说道。

沟渠内部随即传来一阵抽气声。众狼听得一头雾水，只有雷予自己明白其中缘由。"这是暗号，"他向大家解释，"每个家族都有一条或两条自己的沟渠，每条沟也都有专属的暗号。刚刚那个词，就是我家的。"

　　"谁？"里面传来声音。

　　"爸，是我，雷予。"他回答道。

　　"你被学院赶出来了吗？"里面又响起另一只狼惊呼道，"雪岭向来心软，不过我还是得给他写封信！赶紧进来吧，儿子！"

　　"这扇门很窄，"雷予转身对同伴们说，"你们走左边那扇门，我父母就在那边。"

　　狮鱼率先进入。他瘦得像根竹竿，很轻松地便滑了进去。烁阳和风殇紧跟其后，冰晶、雷予和黑曜则殿后进入。

　　进入土丘后，通道变得更为狭窄。风殇不知怎的竟和黑曜挤在了一起，而烁阳则排在最后，全是因为狮鱼迟迟摸不到左边那扇门的位置。

　　好不容易，狮鱼终于找到了门的位置。狼们接连挤了出去，猝不及防地撞倒了两只沟居族的狼，场面瞬间变得混乱不堪。

　　六只幼狼和狮鱼慌忙从彼此身上爬起来，终于看清了被他们压倒的两只狼。其中一只，众狼猜测那便是雷予的父亲，他身材结实，脖子瘦长，与雷予截然不同，有些像熔炎和首领溪洄。另一只狼——显然是雷予的母亲—

一身材丰腴，毛发主要是棕色，夹杂着一些零星的棕灰色斑点。

雷予开门见山地说道："这只瘦狼叫狮鱼。我记得咱家有收留人质和俘虏的传统。他被首领环礁关押，差点被处决，救出来时已经奄奄一息了。"

"是你救了他吗？"雷予的母亲问道。

"是的，"雷予点点头，"我们还一路躲过了……呃，水居族的追击。"

"也就是说，狮鱼是只水居族的狼？"他的父亲皱起眉头提醒道，"咱们可从来不收留敌对部族的狼啊。"

"求你们了，"雷予恳求道，"你们还记得当年收留青栎的事吗？"

"青栎？"冰晶突然插话道，"寒峦指挥官向我提过那只幼崽。"

雷予的父亲犹豫片刻，终于松口道："好吧，他可以留下，你们今晚也可以在这儿过夜。"

"等等，我有两个问题，"他的母亲开口道，"你身后那些幼崽又是谁？你写给我的信里，我只认得风殇。另外，你真的被学院赶出来了吗？"

雷予连忙解释道，自己并没有被开除，只是与另外四只幼狼一同寻找宁静之石。黑曜接着讲述了自己与烁阳、熔炎相识的经历，烁阳则补充了整个队伍如何逐渐成形的经过。风殇则讲起了自己曾被首领环礁和首领寒雹囚禁的遭遇。

最后，大家才终于知道，雷予父母的名字分别是雷霆和沼汀。

故事讲完后，众狼在名为"用餐地窝"的地方吃起了晚饭。所谓"地窝"，其实就是一个功能明确的土坑。据雷霆介绍，这顿饭居然是传说中的"八合一餐"，让熔炎、黑曜和冰晶都感到十分惊讶。

"这就是传说中的八合一餐？"黑曜瞪大了眼睛问道。

"正是如此，"雷霆骄傲地答道，"我们家有一半成员经营着奥匹尔·维特罗·狮餐厅，另一半则经营更高级的奥匹尔·维特罗·虎餐厅。"

"狮餐厅已经成了一片废墟了。"黑曜告诉他。

"哦，那太好了。"雷霆漫不经心地说道，"那是我兄弟开的店。整个族里都知道，我最讨厌他。"

狮鱼饿坏了，三两下就把食物一扫而空。雷予和烁阳则细嚼慢咽，仔细品味着这顿特别的晚餐。黑曜本因曾在狮餐厅留下心理阴影而不想动筷子，但最后还是被狮鱼热情地劝服了。狮鱼进食的速度极快，连一点反胃的迹象都没有，仅仅一百八十秒便将所有食物解决干净。

"沟渠那头还有几个空地窝，"沼汀对他们说道，"虽然还没彻底完工，但睡个十小时应该足够了。狮鱼打算长期住下来，我们会单独给他准备一个地窝。"

六只幼狼随后穿过沟渠，来到另一头，各自钻进了属于自己的地窝。烁阳是最后一个进去的。他对战争和战术的敏锐理解，很快让他意识到沟居族为何在战斗中能如此强悍。他曾在某场战役中近距离见识过一种特殊的投石机，能够投射包裹着灼热泥浆的巨石，而现在，类似的巨石正堆放在冰晶的地窝外。

不过，这种威力巨大的投石机并不在沼汀他们所居住的这条沟渠里，而隐藏在附近的另一条沟中，巧妙地掩盖在沟渠内部，外界完全无法察觉。烁阳心中思绪纷杂，不久之后，疲倦就逐渐涌来，令他沉沉睡去。

几个小时后，他们用过早饭，便再次踏上了北上的旅途，准备返回佐多莱。雷予与父母作了最后的道别，风殇也与她的父亲告别。

一路上，他们曾在峡居族的一座小镇短暂歇脚，最终于傍晚时分抵达了佐多莱。他们挑了一家旅店入住，但并不是匾狼那家。这家旅店提供一种叫作"孤狼优惠"的特殊服务，也就是说，只要是孤儿便可免费入住。烁阳撒谎说他们六个都是孤儿，但实际上只有冰晶和黑曜符合这个条件。意识到这一点后，烁阳心里不禁涌起一丝奇异的不安。

休息了一晚，第二天一早，幼狼们首先前往虎餐厅。店门还未开启，事实上，狮餐厅的大门也依旧紧闭。尽管如此，他们还是进入了餐厅内部，比起两周前冰晶来的时候，店里似乎更加杂乱了。门口挂着一块干净整洁的牌子，上面写着："抱歉，我们休业了"。

黑曜立刻开始挖土。挖了一阵后他才发现，那张纸条其实并不埋在虎餐厅入口的正前方，而是在虎餐厅与狮餐厅之间的位置。

黑曜专注挖掘时，其余幼狼则在幽谷广场上四处闲逛。当他们早上醒来时，太阳尚未升起；而此刻，太阳已悄悄地从东方地平线探出了头。尽管阳光明媚，广场上却鲜有狼影，只看见一只母狼正带着幼崽悠闲散步，以及一只山居族的狼走进了一家店铺。

"我找到了！"黑曜突然喊道。

熔炎原本正准备离开广场，闻声猛地回过神，迅速奔回虎餐厅。他手里拿着一张比黑曜爪子略大的纸条。

"让我来读吧。"雷予主动提出。

"你已经读过两块石头了，"冰晶提醒他，"这次让我来吧。"

"我们不如折中一下，"烁阳提议道，"可以让雷予来读，但他得放弃队长的位置，把纸条交给风殇。"

"烁阳，我们可没那么'文明'。"熔炎冷冷地插了一句。

"我反对这个提议，"雷予也表示不同意，"不过，我愿意让冰晶来读。"

众狼纷纷点头表示赞同。除了总是摆着一副不高兴脸的熔炎，冰晶的确是最具领导气质的狼。

"让我看看……"冰晶接过纸条，念道：

"哈！你们又上当了！
写下这张纸条时，我笑得尾巴都快掉了！

——首领环礁

附言：如果你们带着风殇，就赶紧把她交给我。"

"真让人失望啊。"黑曜皱起眉头叹道。

"看来这封信是我们救出风殇之后才写的。"冰晶若有所思地分析道。

"既然宁静之石是假的，那我们就分头行动吧。"烁阳无奈地叹了口气。

他们沿着城镇的南门方向行进，正式离开了佐多莱。

"熔炎和黑曜可以先走，"风殇开口说道，"毕竟熔居族的领地离这里最近。"

"行吧，"熔炎点点头，罕见地露出一丝微笑，"和你们一起挺愉快的。"

正当他们即将分别之时，一阵声音突然打破了四周的沉默。

"会说话的狼？"那个声音带着戏谑的语气响起，"看来我不在的这段时间里，世界发生了不少变化啊。"

幼狼们立刻停下脚步，左顾右盼地寻找那个说话的狼，却发现周围只有自己。

"我现在可是在和你们说话呢，就在那只水居族狼右侧的那棵树上。"

幼狼们顺着声音望过去，却只看到一只灰色的猫头鹰站在那里。

"呃……难道是树在说话吗？"风殇困惑地问道。

"不，是我——这只猫头鹰在说话。"

风殇注意到猫头鹰的喙确实随着话语一张一合，惊愕道："猫头鹰居然会说话？我一定是在做梦吧。"

"不管你信不信，我的确是猫头鹰，"它语气平静地说道，"我叫暗羽，就住在那边。"暗羽边说边用翅膀指了指西北方浓雾弥漫的区域。

"你说你住在那里面？"烁阳惊呼道，"那里根本没人居住啊！"

"哦，我们猫头鹰全都住在那后面。"暗羽轻松地回答。

"呃，那我们能进去看看吗？"雷予好奇地问道。

"随你们便吧，"暗羽点点头，"跟我来吧。"

说完，猫头鹰振翅飞起，幼狼们迅速跟上它的脚步。除了之前在佐多莱参与导览活动的狼之外，他们或许是第一批真正踏入西北迷雾深处的狼。

后记

"为什么又失败了？"首领环礁咆哮着，在会议室里焦躁地踱步，不断将桌上用黏土制成的鲑鱼雕塑狠狠地砸向地板。

"再努力一点。"旋影平静地说道。他是房间里唯一的另一只狼。

首领环礁拿起最后一尊鲑鱼雕塑，用力摔碎："我已经竭尽全力了！他们不过是几只幼狼而已，居然精明到这种地步。"

"我刚才说了，多努力一点。"旋影重复了一遍。

"为了诱导他们，我特意在湄娜各处放了两块假的宁静之石。整整两块啊，结果他们居然全都找到了！"

"那你为什么不干脆放四块呢？"旋影冷笑着问。

她烦躁地望向窗外咸涩的海面，天色晴朗，只在遥远的西方飘浮着几片悠闲的云朵。"光是为了把它们安置到合适的位置，我就忙得焦头烂额了。探子告诉我，那群幼狼曾在峡居族的佐多莱停留过，于是我们就在那个村子附近的灌木丛中藏了一块石头，结果碰巧又被他们发现了。"

"我有个疑问，"旋影突然问道，"你到底是如何让假的宁静之石发光的？传说中提到过，淵娜大陆共有九块类似的石头，但真正的那块是会自发光芒的。"

"我从来不看什么传说，"首领环礁皱起眉头，"我只读战争报告。"

"但你至少也该了解一点吧？"旋影翻了个白眼。

"我唯一知道的是，如果集齐六只幼狼，皮马托的力量就会重现，整个世界将进入所谓的'永恒和平'——这种东西我可是最讨厌了。"首领环礁冷笑道，"顺便问一句，你还记得几年前你杀掉的那只树居族的皮马托吗？那时你说她是最后一个。"

"你是说你把她救活了？"旋影猛地提高声音。

"没错。当我发现你杀了她之后，立刻跑到现场把她带回来细心培养。她现在还活着呢。"

170

"杀掉她是为了我自己的前途着想！"旋影愤怒地反驳，"你竟然搅了我的局！如果当初没杀她，我早就被放逐到海葵群岛的某个荒岛上了！"

"你居然敢威胁我？"首领环礁怒目圆睁，声音冷冽地说道，"从现在开始，你的顾问职位被撤销了，立刻给我滚出去！"

旋影比首领环礁更为震怒，他猛地转身，重重地踏步离开了会议室。

首领环礁满脸阴沉，环视四周，试图平复自己愤怒的情绪。房间很狭小，只有六把椅子，这在各个部族的议事厅中算规模极小的。桌面擦拭得锃亮，上面堆放着几份关于与雪居族和山居族作战的报告。地面则被摔碎的四个鲑鱼雕塑弄得一片狼藉。墙壁空荡荡的，只有两个窗洞可以望见外面的海洋。

这时，一只树居族狼走进房间。"刚才这里闹出那么大动静，发生了什么事？"

"旋影失去了我的顾问之职。"首领环礁盯着她，缓缓说道，"既然我信任你，那么你愿意接任这个位置吗？"

"当然乐意了。"她立即回应。

"那你的第一项任务可不简单。你认为，我们该不该对沟居族、雪居族以及熔居族宣战？"

"肯定又和那几只幼狼有关吧？"树居族狼冷静分析，"沟居族还是别碰了，过去一年半里他们的防线越

171

来越牢固，我们几乎不可能突破。熔居族前段时间经历了一次大规模绑架事件，现在元气大伤，倒是适合进攻。雪居族也很强，不过我们早就安排了数次进攻计划，两周内即可展开。对了，那只沟居族和那只水居族的幼狼是不是雪岭学院的学生？"

"我觉得是。"首领环礁点了点头。

"雪岭的儿子现在是树居族首领，虽然名义上他们和我们站在同一阵营，但我始终搞不懂为什么雪岭还在暗中帮助对方。不过，看起来他确实有些立场暧昧。"

"那就这样吧。"首领环礁沉默了一会儿，随即严肃地说道，"我，水居族的首领狼，正式向熔居族和树居族宣战。"